N° 58 : LA DIVA DU BOIS DE BOULOGNE
N° 59 : LA FOLIE DE BARBE-BLEUE
N° 60 : LE MANIAQUE DU PARKING
N° 61 : LE BATEAU DES FILLES PERDUES
N° 62 : LE DÉMON DU PEEP-SHOW
N° 63 : LES CHASSEURS DE MIREILLE
N° 64 : LA PLAGE AUX NYMPHES
N° 65 : NUITS DE CHINE
N° 66 : LA FILIÈRE MEXICAINE
N° 67 : LES SECRETS DE MADAME MAUD
N° 68 : LA FEMME MASQUÉE
N° 69 : TRANSPORT DE FILLES
N° 70 : LA SECRÉTAIRE DU PATRON
N° 71 : LA PANTHÈRE DES PALACES
N° 72 : LES PROFANATRICES
N° 73 : LA TENTATION DE CAROLINE
N° 74 : LA LOUVE DES BEAUX QUARTIERS
N° 75 : LES STRIP-TEASEUSES DU PETIT ÉCRAN
N° 76 : LES MAÎTRESSES FEMMES DE SAINT-TROPEZ
N° 77 : LE RODÉO DU PLAISIR
N° 78 : LES PROIES DU COMMANDO
N° 79 : LA FEMME-FAUCON
N° 80 : LA TIREUSE D'ÉLITE
N° 81 . LES VOIX DU DÉSIR
N° 82 : LES TAXIS DE L'AMOUR
N° 83 : L'ALLUMEUSE
N° 84 : MAÎTRE ET ESCLAVE
N° 85 : GIGOLO STORY
N° 86 : LA CAVALIÈRE DE L'APOCALYPSE
N° 87 : LES JEUX DÉFENDUS DE LA PRÉSIDENTE
N° 88 : L'ÉVENTREUR AUX YEUX D'OR
N° 89 : JEUNE FILLE AU PAIR
N° 90 : L'INCONNU DU TRAIN BLEU
N° 91 : LA CALL-GIRL DE MONTRÉAL
N° 92 : LA GRANDE BOURGEOISE
N° 93 : LE PIÈGE ESPAGNOL
N° 94 : CLUB PRIVÉ
N° 95 : LA SORCIÈRE DE POMPÉI
N° 96 : VENGEANCE DE FEMME
N° 97 : LA DEMOISELLE DE PETITE VERTU
N° 98 : LE VAMPIRE DE BOURGOGNE
N° 99 : LA CHIENNE DE LUXE
N° 100 : L'ÉTALON DE SAUMUR
N° 101 · FIANCÉES SUR CATALOGUE
N° 102 . LA SIRÈNE DU LOCH NESS

N° 103 : L'OGRE DE LA BAIE DES ANGES
N° 104 : LES AMANTS MAUDITS
N° 105 : LA VÉNUS DE BELLE-ÎLE
N° 106 : LA BELLE DU CAP D'AGDE
N° 107 : LE JUSTICIER DU BOIS DE BOULOGNE
N° 108 : ÉCHANGE DE FEMMES
N° 109 : LES NOCES INFERNALES
N° 110 : LA VIE CACHÉE DU BANQUIER
N° 111 : L'APPRENTIE SORCIÈRE
N° 112 : DERNIER ROUND À MARSEILLE
N° 113 : LES JARDINS DU PLAISIR
N° 114 : DÉLIT D'INITIÉE
N° 115 : LE GRAND PRÊTRE DES ARDENNES
N° 116 : LES PASSIONS DU COLLECTIONNEUR
N° 117 : LA PAPESSE D'AVIGNON
N° 118 : LES BALLETS ROSES DE SAINT-MALO
N° 119 : LA LETTRE DE L'ENFER
N° 120 : FANTASIA POUR ROCK STAR
N° 121 : L'ENRAGÉE DU CERCLE POLAIRE
N° 122 : LE CLUB DES GIRONDINES
N° 123 : LA POSSÉDÉE DE SÉVILLE
N° 124 : LA REINE DU SCOOP
N° 125 : LE TOUR DE FRANCE DU TUEUR DES PLAGES
N° 126 : LA PUCELLE D'ORLÉANS
N° 127 : LE PARC AUX LOUPS
N° 128 : LA RELIGIEUSE DE BUDAPEST
N° 129 : LES DÉLIRES DE L'INSOMNIAQUE
N° 130 : LA LOLITA DU TGV
N° 131 : LES CHASSES DE LA GRANDE CHARTREUSE
N° 132 : LA DAME DE SHANGHAI
N° 133 : LA LOI DU TALION
N° 134 : LE BON PLAISIR DU ROI
N° 135 : LES NUITS BLANCHES DE SAINT-PÉTERSBOURG
N° 136 : UN CIRQUE D'ENFER
N° 137 : LES FRASQUES DU NOTAIRE
N° 138 : RÉSEAU EXTRA-CONJUGAL
N° 139 : NOTRE-DAME DE CHARTRES
N° 140 : LES FAVORITES DU GRAND TURC
N° 141 : L'ARCHANGE DE FLORENCE
N° 142 : LE FANTÔME DE L'OPÉRA
N° 143 : LA DAME DE COMPAGNIE
N° 144 : LE CHOUCHOU DE LA PROF
N° 145 : SIMPLE DAMES À ROLAND-GARROS
N° 146 : PARFUM DE STAR
N° 147 : DÉRAPAGE EN FORMULE 1
N° 148 : LES CHARMES DU BIZUTAGE
N° 149 : POUPÉES SLAVES SANS VISA

N° 150 : LES CHAÎNES DE LA PASSION
N° 151 : NOBLESSE OBLIGE
N° 152 : L'HOMME EN NOIR
N° 153 : PAQUET-CADEAU POUR GENTLEMEN
N° 154 : DANSEUSES À DOMICILE
N° 155 : LE FAUVE DE L'OMBRE
N° 156 : LA SCANDALEUSE DE LA CROISETTE
N° 157 : LE SAUVAGE DE LA FRANCILIENNE
N° 158 : BACCHANALES POUR UN MUTANT
N° 159 : LE COUP DU PLAGISTE
N° 160 : LE CALVAIRE DE CHARLES-HENRY
N° 161 : LA PIEUVRE DE BIARRITZ
N° 162 : LES DÉBORDEMENTS DE M. LE MAIRE
N° 163 : LE BOUCHER DE LA RUE DES ÉCOLES
N° 164 : LA VIERGE ÉTERNELLE
N° 165 : LE FEU DES ENCHÈRES
N° 166 : LA NURSE DU PROMOTEUR
N° 167 : LA PETITE REINE DU TOUR
N° 168 : LE DÉMON DE MINUIT
N° 169 : LA VESTALE DU TEMPLE LUNAIRE
N° 170 : SECRETS DE FAMILLE
N° 171 : LA DRAG-QUEEN DE WESTMINSTER
N° 172 : LE COMPLOT DES VEUVES
N° 173 : LE PONT DES SOUPIRS
N° 174 : LE BAL DES SORCIÈRES
N° 175 : LES SŒURS DIABOLIQUES
N° 176 : BONS BAISERS DE ROISSY
N° 177 : BAGATELLE POUR PHOTOGRAPHE
N° 178 : LA DEÉSSE DE KATMANDOU
N° 179 : MIRAGE POUR PRIX DE BEAUTÉ
N° 180 : LES AVENTURIÈRES DU TROPHÉE PERDU
N° 181 : LA GRIFFE DE L'ANGE
N° 182 : CYCLONE À L'ÎLE MAURICE
N° 183 : LA MORSURE DU RENARD
N° 184 : LA PASSE SECRÈTE DU TORERO
N° 185 LE PHILTRE D'AMOUR
N° 186 LE TRAQUENARD INDONÉSIEN
N° 187 LE SEIGNEUR D'AUDIERNE

MICHEL BRICE

BRIGADE MONDAINE

LA CLINIQUE DU DOCTEUR MOREAU

VAUVENARGUES

Les dossiers Brigade Mondaine de cette collection sont fondés sur des éléments absolument authentiques. Toutefois, pour les révéler au public, nous avons dû modifier les notions de temps et de lieu ainsi que les noms des personnages.

Par conséquent, toute ressemblance avec des personnes existantes ou ayant existé serait totalement involontaire et ne relèverait que du hasard...

ISBN : 2-7443-0155-8

CHAPITRE PREMIER

Le chirurgien-chef Judith Moreau secoua son imposante chevelure rousse en tournant brusquement la tête pour regarder l'écran noir de l'électrocardiogramme. Dans la pénombre de la salle d'opération, le petit graphique vert, qui sautillait en cadence avec des « bip-bip » réguliers, se voyait comme une luciole dans la nuit. C'était pratiquement la seule lumière. On avait baissé au maximum l'intensité de la grosse parabole ronde, au-dessus de la table chirurgicale, et on l'avait élevée par un système de poulies jusqu'à la coller au plafond.

Il fallait laisser le plus de place possible à la patiente.

Celle-ci, au lieu d'être couchée et endormie sur la table d'opération, était parfaitement éveillée. Et installée dans une position verticale.

Elle avait la tête rejetée en arrière, et ses longs cheveux blonds lui cascadaient jusqu'aux fesses. Où ils étaient collés, comme ils l'étaient tout le long de son dos, par la sueur qui inondait la totalité de son corps entièrement nu.

Le docteur Judith Moreau laissa un instant son regard s'attarder sur la toison luxuriante et dorée qui, au creux du ventre de la patiente, scintillait doucement, dans la pénombre, à cause des gouttes de sueur qui s'y accrochaient.

La femme bougeait un peu, par moments, et chacun de ses petits soubresauts faisaient luire une partie de son corps trempé, que venait révéler l'un ou l'autre des éclairages latéraux soigneusement dosés.

Sa respiration était rauque, mais régulière. Et dans la pièce, les trois autres personnes présentes étaient accrochées à son rythme, le cœur battant presque aussi fort que le sien.

Quand la patiente poussa soudain un cri de souffrance, Judith Moreau regarda encore une fois l'écran de l'électrocardiogramme. Mais, à part un sommet un peu plus élevé que les autres, sur le graphique, tout était normal.

Le chef de clinique se tourna vers un homme athlétique qui se tenait debout au pied de la table d'opération. Il pouvait avoir une trentaine d'années. Blond, le cheveu ras, il possédait une musculature qui semblait sur le point de faire craquer sa blouse blanche d'aide-soignant. Son visage taillé à la serpe ne manifestait aucune expression. Et son absence totale de sourcils donnait à son regard bleu pâle une fixité étrange. On aurait dit une sorte de robot. Un cyborg exclusivement créé pour obéir.

— Sali, ordonna-t-elle d'une voix dure, remonte encore d'un cran.

Immédiatement, l'homme obéit, appuyant sur une touche lumineuse sur une sorte de petite console noire.

La patiente poussa un cri plus violent que les autres. Son corps fut traversé d'une secousse violente, comme provoquée par une décharge électrique, et elle s'immobilisa. Épuisée par l'effort.

L'ombre d'un sourire effleura les lèvres rouges carmin de Judith Moreau, et ses yeux vert émeraude étincelèrent d'une lueur inquiétante. Au fond d'elle-même, elle ne pouvait s'empêcher d'éprouver une pointe d'admiration pour le courage dont faisait preuve Alicia Gonçalves. À n'importe quel instant, elle aurait pu tout arrêter. Mais, si elle laissait parfois échapper une plainte ou un cri de souffrance, pas une supplique, pas un mot pour demander la fin de son tourment ne s'échappait de ses lèvres.

Il était vrai qu'Alicia avait l'habitude de ce genre de « traitement ». Elle était même une habituée de la clinique privée du docteur Judith Moreau. Où elle venait à chaque fois en compagnie de son mari.

Et pour cause…

C'était pour lui qu'elle s'infligeait ces souffrances. Pour lui prouver son amour, pour lui démontrer, à chaque fois un peu plus fort, que sa passion pour lui était plus puissante que tous les tabous, qu'elle dépassait de loin les limites de ce conformiste amoureux tout juste bon pour les petits bourgeois…

Or, Alicia et Juan Gonçalves étaient tout sauf des petits bourgeois. Grand d'Espagne, Juan Manuel Pablo Gonçalves Iturria de Carramancha, quarante et un ans, avait épousé cinq ans plus tôt Alicia Benitez y Compreras, vingt-cinq ans, cousine éloignée du roi Juan Carlos. *El Rey* en personne avait assisté à leur mariage, dans la cathédrale de Madrid.

Riches, ils vivaient dans le luxe, entre leur résidence madrilène, leur villa de Malaga, celle qu'ils possédaient à Ibiza, et leur chalet de Gstaadt, en Suisse. Dans le luxe… et dans une passion amoureuse amplement partagée.

Même quand ils avaient appris qu'Alicia ne pouvait pas avoir d'enfant, cette nouvelle, au lieu de les séparer, les avait rapprochés davantage encore. Ils n'avaient plus vécu que pour leur amour, plus respiré que l'un pour l'autre.

Mais le côté physique de cet amour, dont la violence n'avait jamais faibli entre eux, avait un jour commencé à souffrir de la routine. Alors, sans se décourager, ils avaient cherché autre chose.

Et ils avaient trouvé.

Puisqu'ils avaient exploré toutes les voies « normales » de la sexualité, puisqu'ils avaient fait le tour de toutes les possibilités physiques « traditionnelles » entre un homme et une femme, ils avaient décidé de s'aventurer dans le monde – encore inconnu, pour eux – de la souffrance. Celle qui constitue pour tant de gens l'autre chemin du plaisir.

Autrement dit, le sadomasochisme.

Alicia et Juan avaient commencé par fréquenter quelques clubs madrilènes spécialisés dans le SM. Avec enthousiasme, ils s'étaient lancés dans les cérémonies secrètes où l'on pratiquait ce que d'aucuns appelaient le « côté obscur » de l'amour. Bondage, flagellation, piercing…

Et puis, une fois encore, ils avaient fini par atteindre les limites de ce nouveau domaine.

C'est alors qu'entre un séjour hivernal à Gstaadt et un week-end shopping à New York, quelqu'un, dans leur bande d'amis aussi riches qu'eux, leur avait parlé de la clinique parisienne du docteur Moreau. Ils avaient d'abord souri. « La clinique du docteur Moreau », ça faisait vieux film d'épouvante. Et puis, cet ami, un avocat international londonien, avait commencé à leur parler de ce centre de soins très spécial, où ceux et celles qui en éprouvaient le désir subissaient ce que le docteur Moreau appelait sa « thérapie personnalisée ».

Ça n'avait rien à voir avec les clubs SM traditionnels, où quelques couples vêtus de cuir se livraient aux plaisirs à peine sulfureux et plutôt banals du fouet et des chaînes. Non. Chez Judith Moreau, on allait beaucoup plus loin.

Jusqu'à l'abjection.

Jusqu'à l'enfer.

Mais il y avait un double prix à payer. Un prix financier, d'abord. Et il était élevé, comme pour tout ce qui est exceptionnel. Ça, ça ne leur faisait pas peur, à Alicia et Juan. Ils avaient les moyens.

L'autre prix était un peu plus inquiétant.

Il fallait se soumettre sans discuter aux « ordonnances » du docteur Moreau. Elle était réellement chirurgien et neuro-psychiatre. Et dans son établissement, elle s'arrogeait le droit de décider qui subirait quoi, et jusqu'à quel degré. En sa qualité de psychiatre, elle s'estimait capable de diagnostiquer, après consultation, les aspirations les plus secrètes de chacun et de chacune de ses patients, les désirs enfouis au plus profond des inconscients, les pulsions réfrénées qui jamais ne se seraient exprimées, si elle, Judith Moreau, n'avait su « aller les chercher », comme elle disait, pour les ramener à la surface et les exposer au grand jour.

C'était elle qui décidait de tout.

Et ses décisions étaient irrévocables.

Il y avait toutefois une porte de sortie.

En cours de « séance », n'importe quel patient ou patiente, à n'importe quel moment, avait la possibilité de « crier pouce », comme on disait jadis dans les jeux d'enfants. Selon les cas, il s'agissait d'une phrase convenue – une sorte de mot de passe –, ou, si le patient n'était pas en état de parler à cause du traitement qu'il subissait, d'un bouton placé à portée de sa main et qu'il pouvait presser à tout moment, si l'épreuve dépassait les limites de ce qu'il était capable de supporter.

Mais s'il avait recours à ce « parachute », il – ou elle – perdait à la fois la totalité de son investissement financier, et la possibilité de revenir un jour.

Ce qui, pour la plupart des adeptes du SM, constituait une perspective terrifiante.

Alicia Gonçalves releva un peu la tête. Elle ouvrit les yeux et son regard sombre croisa celui de Judith Moreau. Le chirurgien-chef eut un sourire satisfait en y découvrant une lueur de défi. Alicia lui tenait tête. C'est-à-dire qu'elle tenait tête à la souffrance. Et tout cela par amour pour Juan.

Juan, qui se tenait au pied de la table d'opération, devant sa femme, mais un peu sur la gauche, afin de ne pas la cacher à Judith Moreau.

Il attendait, pour faire ce qu'il avait à faire, un ordre du docteur.

Comme Juan Gonçalves se tenait de profil par rapport à elle, le chef de clinique avait une vue imprenable sur la formidable érection que le spectacle seul suffisait à provoquer chez lui. Et à maintenir, sans le moindre signe de faiblesse, depuis le début des opérations.

Loin d'éprouver le moindre mépris pour ceux et celles qui venaient chez elle chercher ce qu'on ne trouvait nulle part ailleurs, Judith Moreau rayonnait de satisfaction intérieure, de fierté à l'idée qu'elle était la dispensatrice d'une thérapie on ne peut plus sérieuse, réservée à des gens atteints de ce qu'elle appelait une « pathologie sexuelle violente », et qu'aucune médecine au monde ne leur donnait. Officiellement, en tout cas.

Un jour, elle en était persuadée, les traitements qu'elle avait inventés seraient reconnus, et elle serait considérée comme une pionnière dans une spécialité qui aurait enfin droit de cité.

Mais en attendant la gloire et – qui sait – le Prix Nobel de médecine, le docteur Judith Moreau était provisoirement condamné à opérer dans la clandestinité. Elle ne pouvait donc pas se permettre d'avoir pignon sur rue et de posséder l'une de ces cliniques aux façades blanches et rassurantes, situées à Neuilly ou dans les beaux quartiers de Paris. Ses activités à elle exigeaient nettement plus de discrétion.

Et cette discrétion, Judith Moreau l'avait trouvée au cœur de la capitale, tout près de la gare Saint-Lazare, dans une petite rue étroite et discrète, la rue de Budapest, plus connue pour les filles qui y tapinaient depuis la nuit des temps que pour être un haut lieu de la médecine.

Sous une porte cochère – qui abritait toujours deux ou trois péripatéticiennes en faction –, l'entrée d'un immeuble lézardé donnait sur une cour intérieure aux pavés disjoints, au fond de laquelle se dressait quelque chose qui aurait pu être, au choix, un immense hangar ou une petite usine. C'était, en fait, un ancien centre de tri des NMPP [1], où jadis, toutes les nuits, des tonnes de journaux, magazines et autres imprimés étaient chargés dans des camions, camionnettes et side-cars de motos, pour partir avant l'aube vers tous les points de vente de la région parisienne.

Quand les NMPP avaient déménagé pour s'installer en banlieue dans un espace plus vaste, celui-ci n'avait pas été mis en vente, mais promis à la pioche des démolisseurs de la Ville de Paris. Il était question, selon le terme à la mode, de réhabiliter ce vieux bâtiment en le transformant en un immeuble d'habitations ultra-modernes. Autrement dit, un bloc de clapiers hors de prix.

Et puis un jour, sans que personne ne puisse vraiment expliquer pourquoi, ce projet avait été abandonné. Et les appartements de standing avaient disparu dans les oubliettes administratives.

La façade en pierre lézardée et la voûte de verre et de métal du vieux bâtiment étaient apparemment restés tels quels. Quand un promeneur s'aventurait sous le porche de la rue de Budapest et traversait le premier immeuble pour déboucher dans la vieille cour pavée, il pouvait constater que rien, semblait-il, n'avait changé, ici, depuis l'époque révolue des camionnettes chargées de journaux frais.

1. Nouvelles Messageries de la Presse parisienne.

La plupart de ces égarés ne remarquaient même pas que la double porte de métal avait été renforcée et équipée d'un clavier à touches chromées.

Un système de code ultra-sophistiqué. Ce qui était un peu surprenant, pour un bâtiment vétuste que tout le monde croyait à l'abandon… mais qui s'en souciait ?

Les clients du docteur Moreau et le personnel de sa clinique étaient les seuls à avoir le code. Quand les patients pénétraient ici pour la première fois, ils avaient un choc.

Sous les vingt mètres de plafond de la verrière entièrement remise à neuf se trouvait un immense espace aux murs et au sol blanc, avec un bureau d'accueil derrière lequel trônait une superbe infirmière en blouse immaculée.

Sur les murs, on apercevait des plaques indiquant la direction des différents services et des bureaux du médecin-chef, de l'infirmière-chef, de la salle de repos des aides-soignantes, etc.

Bref, une clinique, privée et luxueuse, mais une clinique comme tant d'autres.

Enfin… presque. Au bout de quelques minutes, on remarquait un certain nombre de petits détails qui différenciaient cet établissement des autres. Les infirmières, par exemple. Depuis l'hôtesse d'accueil jusqu'aux aides-soignantes, elles avaient toutes l'air d'avoir été choisies dans le *book* d'une agence de top-models.

Et quand on s'aventurait dans les couloirs, ça ne sentait pas l'éther, mais… le parfum. Un parfum violent, enivrant, entêtant, que seules quelques personnes au monde auraient été capables d'identifier, pour la bonne raison qu'on ne le fabriquait plus depuis deux siècles.

Mais à part ça, tout le rez-de-chaussée de la clinique aurait résisté à l'examen. C'était bien un établissement médical. Au sens le plus traditionnel du terme. Même si on y pratiquait, entre autres choses, des opérations de piercing dans toutes les parties du corps – y compris les plus inattendues. Mais tout ça restait quand même « montrable », c'est-à-dire dans les limites de la légalité.

Les visiteurs ne voyaient jamais la porte d'un ascenseur conduisant au premier étage, porte qui était soigneusement dissimulée par un jeu de parois coulissantes.

Cet ascenseur, dont l'accès était strictement interdit, personne ne l'empruntait avant que Judith Moreau ne lui en ait donné l'autorisation.

C'est-à-dire l'ordre.

Parce qu'une fois arrivé en haut, on se retrouvait dans un univers qui, lui, n'avait plus rien à voir avec celui d'une clinique traditionnelle.

La vraie clinique du docteur Moreau, dont les habitués se murmuraient l'adresse, c'était là. À cet étage, sous une partie de la verrière qu'on avait pris soin d'aveugler, un long couloir principal, commençant à la porte de l'ascenseur, desservait un certain nombre de pièces, dont trois salles d'opération. Il arrivait à Judith Moreau d'en superviser plusieurs en même temps, allant de l'une à l'autre en passant par le couloir. Parfois, elle en profitait pour jeter un œil par le judas à la petite glace sans tain de l'une des autres pièces.

Où se déroulaient, sous la conduite de l'une des

aides-soignantes, des « traitements » moins sophistiqués, qui ne nécessitaient pas sa présence personnelle.

La plupart de ces pièces étaient en fait des cellules capitonnées, donc insonorisées. Judith Moreau était particulièrement fière de l'une d'elles, décorée comme une cabine de capitaine de cargo et montée sur vérins, ce qui permettait de reproduire les mouvements d'un navire pris dans la tempête. Le docteur Moreau l'avait fait installer pour un seul client, mais qui payait particulièrement bien. Un ancien marin, évidemment, qui avait jadis éprouvé le plus violent orgasme de sa vie un jour où, en pleine tempête, son équipage – un mélange hétéroclite de Grecs, Philippins, Portugais, Chypriotes... – s'était mutiné et, après l'avoir roué de coups, lui avait fait subir les derniers outrages.

Depuis, l'ancien capitaine de cargo n'avait plus jamais été capable de jouir autrement. Heureusement, des années de trafic sur toutes les mers du globe lui avaient permis de se constituer un magot infiniment supérieur à sa modeste retraite de marin. Ce qui lui permettait, une fois par mois, de venir chez le docteur Moreau. Lequel, pour la circonstance, ajoutait à son personnel féminin quelques éphèbes virils et musclés...

Judith Moreau chassa de son esprit l'image – plutôt réjouissante – du capitaine en train de « passer à la casserole » dans sa cabine sur vérins, pour se concentrer sur l'opération qui se déroulait à l'instant présent.

Etant donné l'état actuel des mentalités, elle se demanda qui, parmi ses confrères, aurait été capable de comprendre – et d'apprécier à sa juste valeur – un spectacle comme celui qu'elle avait devant les yeux en ce moment même ?...

Aucune salle d'opération au monde n'avait jamais été le témoin d'une chose pareille.

Alicia Gonçalves était crucifiée.

Pas à la manière du Christ, sur une croix de bois, les mains et les pieds traversés de clous.

Elle était crucifiée... en X. Et elle n'était clouée à aucune croix, à aucun support, mais suspendue en l'air, écartelée par des câbles d'acier reliés à un jeu de poulies électroniques, dont l'action était commandée depuis la console actionnée par Sali. Le tout, évidemment, selon les ordres du docteur Moreau.

Les pieds d'Alicia Gonçalves ne touchaient pas la table d'opération, pas plus que ses mains ne touchaient le plafond.

Elle était maintenue ainsi par la tension des câbles, qui lui traversaient les poignets et les chevilles.

Mais si elle souffrait, ce n'était pas à cause de ça.

Les câbles, on ne les avait pas enfoncés dans sa chair, à la manière barbare des clous dans le corps de Jésus.

Non, ce genre de chose ne faisait pas partie du « traitement ». Et puis, le résultat, dans la situation présente de la patiente, aurait été catastrophique. Avec la tension et le poids de son corps, les chairs se seraient déchirées, provoquant une vraie boucherie.

Pour éviter ça, Judith Moreau avait trouvé un truc dont elle n'était pas peu fière. Afin de pouvoir suspendre Alicia et lui faire subir plus d'une fois le traitement qu'elle supportait en ce moment, elle lui avait implanté des tubes de métal qui traversaient de part en part ses poignets et ses chevilles, aux endroits où de véritables petits puzzles d'osselets, tout autour, assuraient une solidité à toute épreuve. Les tubes, creux et d'un diamètre calculé pour y faire passer les câbles, étaient en platine, un alliage que l'organisme ne rejetterait pas, autour duquel la chair ne pourrirait pas et se refermerait progressivement, les assimilant sans le moindre problème. Alicia Gonçalves vivait donc depuis des mois avec ces orifices supplémentaires, qu'elle masquait à l'aide de bracelets, de foulards et autres artifices.

Elle ne souffrait donc pas à cause des trous que Judith Moreau lui avait chirurgicalement pratiqués dans la chair, mais à cause de cet écartèlement qu'elle subissait régulièrement, de sa propre volonté, par amour pour Juan.

Un écartèlement qui, comme toute crucifixion, provoquait un étouffement, une asphyxie progressive.

Sa respiration était devenue courte, saccadée, à peine audible, à présent.

Mais elle refusait toujours d'appuyer sur le gros bouton rouge suspendu dans son boîtier, à quelques centimètres de sa main. Un bouton-avertisseur, prévu pour lui permettre de tout arrêter, même si son état d'extrême faiblesse ne lui donnait plus la force de parler.

Judith Moreau jeta un autre regard à l'écran de l'électrocardiogramme. Les battements cardiaques avaient faibli, mais d'une façon qui n'avait rien d'anormal, étant donné les circonstances. Elle considéra encore une fois la formidable érection qu'arborait Juan Gonçalves, toujours immobile comme un garde à l'entrée d'un temple, et elle sentit une boule de chaleur se former au creux de son ventre.

Elle se surprit à penser que, ce qu'il allait faire, sur son ordre, à sa femme, elle n'aurait pas détesté qu'il le lui fasse, à elle.

Elle se reprit. Quand il lui arrivait d'éprouver du plaisir durant les « opérations » qu'elle ordonnait, elle le dissimulait soigneusement. Il n'était pas question de mélanger le travail et sa satisfaction personnelle. Et encore moins de mêler les patients à ses propres jeux sexuels. Il fallait à tout prix qu'elle les entretienne, vis-à-vis d'elle, dans une distance et un respect qui étaient les garants de son autorité.

Et par là même, du bon fonctionnement et de la rentabilité de ses affaires.

— Juan, laissa-t-elle tomber d'une voix volontairement dure, allez-y.

L'Espagnol ne se le fit pas répéter. En souplesse, il sauta sur la table d'opération et colla son corps à celui de sa femme, son visage contre le sien, bras et jambes écartés le long des siens, dans la même position. Il se suréleva sur la pointe des pieds, puis, d'un seul coup de reins, s'enfonça jusqu'à la garde dans le ventre d'Alicia.

— Bien, dit Judith Moreau, ne bougez pas avant que je vous en donne l'ordre.

Juan Gonçalves resta ainsi, fiché en Alicia, sans faire le moindre mouvement.

— Sali, à toi ! ordonna le médecin-chef.

L'homme à tout faire hocha imperceptiblement la tête et se débarrassa d'un coup d'épaules de sa blouse blanche.

Dessous, il était entièrement nu.

Ce qui permit au docteur Moreau de constater avec satisfaction que lui aussi, arborait une érection à la rigidité parfaite.

Et aux dimensions impressionnantes.

Ce qui ne la surprit nullement, puisqu'elle l'avait recruté en grande partie pour cette raison.

Elle avait trouvé Sali Alia par un de ses patients, un diplomate italien. Sali Alia était l'un de ces innombrables réfugiés albanais qui avaient débarqué sur les côtes italiennes. Avec les autres, il s'était retrouvé entassé dans un camp, le temps que les autorités italiennes statuent sur leur sort.

Judith Moreau avait besoin, dans sa clinique, d'un élément masculin, qui puisse aussi bien servir d'homme de main que d'« étalon » à chaque fois qu'on lui en donnait l'ordre. Il devait être sans famille – c'est-à-dire sans liens avec l'extérieur – costaud, particulièrement bien doté par la nature, et posséder assez de cerveau pour être capable d'exécuter les ordres, mais pas assez pour y réfléchir. Judith Moreau voulait une sorte d'esclave, de robot vivant, ne présentant aucun risque de contestation ou de révolte.

Il fallait, de plus, qu'il soit bisexuel – ou qu'il puisse faire semblant de l'être sans état d'âme –, pour les jours où elle lui ordonnait de faire partie de l'équipe qui « traitait » le « capitaine »...

Dans le but de trouver la perle rare qui donnerait satisfaction à Judith, le diplomate italien était allé discrètement faire un tour dans l'un des camps de réfugiés albanais. Risquant un œil dans les douches, au moment où Sali prenait la sienne, il était tout de suite tombé en arrêt devant cet athlète, avec lequel – ça crevait les yeux – la nature s'était montrée particulièrement généreuse.

Usant de son autorité, il l'avait fait sortir du camp sous le prétexte qu'il lui avait trouvé un emploi. Et l'avait expédié *manu militari* à Paris, à Judith Moreau.

Qui, depuis, s'était montrée extrêmement satisfaite de ses services.

De tous ses services.

D'autant plus qu'il lui arrivait d'utiliser Sali pour son usage personnel. L'Albanais n'était à ses yeux qu'une machine à obéir et elle ne craignait pas, à l'occasion, de l'utiliser comme une sorte de poupée gonflable vivante. Elle savait que cet homme, totalement analphabète et entièrement soumis à son autorité, ne cesserait pas de l'être sous prétexte qu'il l'avait possédée. D'ailleurs, après chaque séance, elle le congédiait comme un domestique, histoire de bien lui rappeler, s'il en était besoin, qui était le patron.

Ou plutôt, la patronne…

Pour le docteur Judith Moreau, c'était un arrangement idéal, puisqu'il lui permettait de soulager les désirs que le traitement de ses patients faisaient parfois naître en elle, sans se compromettre avec eux et risquer d'y laisser un peu de sa sacro-sainte autorité.

L'Albanais savait ce qu'il avait à faire, sa patronne l'ayant soigneusement « briefé » quelques heures plus tôt.

Il monta à son tour sur la table d'opération et se plaça dans la même position que Juan Gonçalves. Mais derrière Alicia. D'un coup de reins puissant, il força son ouverture la plus étroite, où il s'enfonça, lui aussi, jusqu'à la garde.

Alicia poussa un cri rauque, mais bref. Cette souffrance-là n'était que peu de choses, à côté de celle qu'elle endurait depuis maintenant deux bonnes heures.

— Allez-y, tous les deux, ordonna Judith Moreau.

Sans se faire prier, les deux hommes entamèrent un mouvement de va-et-vient simultané, leur virilité frottant l'une contre l'autre à travers une mince cloison de chair. Bientôt, ils ne purent retenir davantage le désir qu'ils contenaient depuis trop longtemps et ils explosèrent ensemble, avec des grognements sourds.

À quelques mètres, Judith Moreau laissa bien malgré elle échapper un petit gémissement rauque.

Elle avait le feu au ventre.

Quand tout ça serait terminé, elle convoquerait Sali d'urgence, dans son bureau...

Histoire de se calmer.

Jusque-là, il fallait qu'elle reste maîtresse d'elle-même.

— Bien, dit-elle, descendez, tous les deux.

Les deux hommes obéirent et reprirent leurs places.

À cause de l'écartèlement de tout son corps, Alicia était restée largement ouverte et Judith Moreau vit lentement commencer à s'écouler d'elle la semence que les deux hommes y avaient projetée. Ce spectacle attisa encore le brasier qu'elle sentait brûler en elle, et elle dut faire un effort pour se concentrer sur la suite.

— Sali, accentue la tension d'un cran, ordonna-t-elle.

L'Albanais, qui n'avait pas réenfilé sa blouse et dont l'érection conservait presque toute sa superbe (contrairement à celle de Juan), actionna le mécanisme.

Les câbles se tendirent encore.

Alicia Gonçalves émit un rugissement qui fit sursauter tout le monde. Personne n'aurait cru qu'elle avait encore la force de pousser un cri pareil. Et puis, ce rugissement se transforma en un gémissement, puis en un souffle rauque, puis, enfin, en un sifflement à peine perceptible.

Tout son corps s'arc-bouta encore une fois, comme électrisé, et retomba, suspendu entre ses liens d'acier. Sa tête était littéralement cassée en arrière, au point, presque, de toucher son dos.

Et plus un souffle ne sortit de ses lèvres.

Judith Moreau tourna la tête vers l'écran de l'électrocardiogramme.

Le graphique était totalement plat.

— Merde ! hurla-t-elle. Sali, détache-la, vite !

L'Albanais relâcha d'un seul coup la tension des câbles et Alicia Gonçalves s'écroula comme une masse. Elle faillit tomber de la table d'opération, mais les deux hommes la récupérèrent *in extremis* pour l'y allonger.

Le docteur Moreau décrocha le téléphone intérieur.

— Camille, cria-t-elle, en salle d'op numéro trois, réanimation cardiaque en urgence !

Quelques secondes plus tard, une infirmière au physique de top-model entrait en coup de vent dans la pièce et faisait rouler jusqu'au bord du bloc opératoire une console nantie d'un cadran en demi-cercle et de deux gros boutons noirs. Elle dut attendre que l'aiguille du cadran indique que la charge était au maximum. Cela ne dura que quelques secondes, mais elles parurent interminables.

— Ça y est ! dit-elle enfin.

S'emparant des deux disques munis de poignées, suspendus à la console, elle les plaqua contre le torse d'Alicia Gonçalves, juste sous les seins, et cria :

— Écartez-vous !

Puis elle envoya la décharge électrique.

Il y eut un gros bourdonnement sonore et le corps d'Alicia s'arc-bouta une fois de plus, sous l'effet du courant qui la traversait. Le choc dura deux secondes à peine. Après quoi, elle retomba, tout aussi inerte que précédemment.

— Une autre ! ordonna Judith Moreau.

L'infirmière obéit. Sans obtenir davantage de résultats.

— Encore ! cria le chirurgien-chef, penchée sur le corps de la jeune Espagnole, comme si elle l'engueulait de ne pas réagir à ce traitement de choc.

Mais la troisième décharge n'eut pas plus d'effet que les précédentes.

Judith Moreau avait le souffle court et son visage était trempé de sueur. Juan Gonçalves regardait sa femme d'un air hagard, n'ayant pas l'air de comprendre ce qui se passait. Ou plutôt, refusant de comprendre…

Sali Alia, lui, regardait aussi, mais ses yeux ne trahissaient pas le moindre sentiment. Si la fille qu'il venait de posséder était morte… elle était morte, c'était tout. Ce n'était pas son problème. Et d'ailleurs, depuis sa naissance dans un village perdu du Kosovo, jusqu'à son arrivée dans ce camp de réfugiés, en Italie, il en avait tellement vu… Cela dit, tout ce à quoi il avait assisté depuis son arrivée chez le docteur Moreau était quand même nouveau. Même pour lui. Dans sa vie, il avait vu souffrir beaucoup de gens. Mais jamais exprès, jamais pour le plaisir... et encore moins, en payant.

— C'est foutu ! soupira Judith Moreau... Le cœur a lâché. Elle est morte.

Juan Gonçalves, qui était cassé en deux sur le corps de sa femme, se redressa, comme mu par un ressort.

— Vous l'avez tuée ! hurla-t-il. Vous l'avez assassinée, avec vos trucs de malade mentale !

L'air menaçant, il s'avança vers le chef de clinique. Qui jeta un regard à Sali. Celui se précipita sur Gonçalves et l'immobilisa en refermant ses bras autour de lui comme un étau d'acier.

Judith Moreau s'approcha de l'Espagnol et le gifla.

— Calmez-vous ! dit-elle d'une voix tranchante. Ce genre de chose fait partie des risques. Ces risques, je vous rappelle que vous les avez acceptés. Elle aussi, d'ailleurs. Elle était consentante et vous, vous étiez complice. Complice de meurtre. Même sans le vouloir. En termes légaux, on appelle ça homicide involontaire. Ça va chercher dans les dix ans de prison !

Sa colère abandonna Juan Gonçalves d'un seul coup. Son visage se décomposa et il s'effondra, en larmes, toujours maintenu par Sali.

— Lâche-le, dit Judith Moreau.

Gonçalves s'écroula sur une chaise, où il se mit à hoqueter, le visage dans ses mains.

— Qu'est-ce que je vais devenir ? gémit-il à travers ses larmes... Qu'est-ce qui va m'arriver ?...

Judith Moreau eut une expression de mépris en regardant Gonçalves. Sa femme venait de mourir et il ne pensait qu'à lui. À sa propre sécurité. Décidément, pensa-t-elle, si c'était ça, les hommes, elle avait bien raison de ne pas s'en encombrer.

— J'ai un plan pour vous tirer de là, dit-elle. Et moi aussi, par la même occasion. Mais il va falloir que vous fassiez exactement ce que je vais vous dire…

CHAPITRE II

La Safrane bleu marine fonçait à travers la nuit, sur l'autoroute de l'Ouest. C'était la voiture de service de la clinique de Judith Moreau, celle qu'elle réservait à un usage exclusivement professionnel. À part elle, seule l'infirmière-chef et Sali avaient le droit de s'en servir, quand elle leur en donnait l'ordre, pour faire une course quelconque.

Mais ce soir, il ne s'agissait pas d'une course quelconque.

Sali Alia crispa ses mains sur le volant. Il n'était pas totalement à l'aise, n'ayant jamais passé son permis de conduire. Celui qu'il avait en sa possession était un faux, obligeamment fourni par l'intermédiaire d'un des patients du docteur Moreau. De même que ses papiers d'identité. Il avait appris à conduire sur le tas, en travaillant pour sa patronne. Celle-ci était ravie qu'il n'ait pas son permis. Comme ça, il n'était pas fiché par les services de police. Pour Judith Moreau, c'était une petite garantie supplémentaire…

Sali Alia secoua la tête pour lutter contre le sommeil. Il avait derrière lui une grosse journée de travail, suivie par la séance avec le couple espagnol, qui avait mal tourné. Après quoi, il avait fallu qu'il aide les infirmières à laver le corps. Et pour couronner le tout, le docteur Moreau l'avait chargé de la mission consistant à faire disparaître le cadavre.

Une mission délicate. La première du genre qu'il accomplissait. Ce qui prouvait au moins que sa patronne avait confiance en lui.

Bref, ce n'était pas le moment de s'endormir. Mais il avait beau être d'une constitution particulièrement résistante, la fatigue le rattrapait peu à peu, il le sentait. Par moments, ses yeux se fermaient tout seuls. Une fois ou deux, il fit une légère embardée, avant de se réveiller, une seconde plus tard, des frissons de peur sur le dos des mains.

Heureusement qu'à cette heure – il était près de quatre heures du matin – l'autoroute était déserte ! Et heureusement qu'il n'était plus très loin de son but !

Il avait repéré le chantier en se promenant dans la campagne, un jour de congé. C'était tout près de Monfort-l'Amaury. Une autoroute en construction. Il y avait des colonnes de béton armé, destinées à soutenir de futures bretelles d'accès. Sali avait remarqué l'autre jour que ces colonnes étaient encore creuses.

Il espéra de toutes ses forces qu'elles l'étaient encore.

Si c'était le cas, elles feraient une sépulture idéale pour la jeune femme qu'il transportait dans le coffre.

Il balancerait le corps dans l'un des piliers. Vu leur hauteur, le fond était dans le noir, même en plein jour, et personne ne remarquerait la présence du cadavre. Dans très peu de temps, on remplirait les colonnes avec du béton liquide et personne ne retrouverait jamais le cadavre d'Alicia Gonçalves…

Sali Alia quitta l'autoroute peu après Rocquencourt et se dirigea vers Pontchartrain. Ici, on était sur une nationale à deux voies et la circulation était un peu plus importante. Il croisa quelques véhicules et plissa les yeux sous leurs phares.

Par instants, il avait l'impression de voir flou. Toujours la fatigue. Il fallait absolument qu'il se dépêche de faire ce qu'il avait à faire et de rentrer dormir.

Profitant de ce que la route était droite et à nouveau déserte, il accéléra. Il avait promis à sa patronne de respecter les limitations de vitesse, pour ne pas risquer de se faire arrêter par la police, mais tant pis. Il fallait en finir le plus vite possible.

Il aperçut nettement les phares du camion qui s'apprêtait à déboucher sur la nationale, venant d'une petite route secondaire, sur la droite. Il eut le réflexe de ralentir, mais le conducteur du camion, qui l'avait sans doute vu, lui aussi, avait stoppé pour le laisser passer.

Sali accéléra de nouveau.

Était-ce la fatigue qui lui troublait la vision ? En arrivant à plus de cent à l'heure, à vingt mètres du poids lourd, il eut l'impression que celui-ci avançait soudain.

Sali Alia voulut appuyer sur l'avertisseur. Mais le temps de le trouver – une fraction de seconde –, il était trop tard.

Trop tard aussi pour freiner, à cette allure.

Dans un réflexe incontrôlé, il donna un énorme coup de volant à gauche.

Déséquilibrée par la vitesse, la Safrane parvint à éviter le camion mais partit dans une série de tonneaux.

Elle traversa la route et fonça vers les platanes qui la bordaient, de l'autre côté.

Le toit de la voiture s'écrasa contre l'arbre et l'habitacle s'aplatit comme un chapeau sur lequel on se serait assis.

Comme il n'avait presque plus d'essence, le véhicule n'explosa pas.

Mais Sali Alia fut tué sur le coup.

*
* *

Ghislaine Duval-Cochet poussa un grognement et s'arracha aux bras de Boris Corentin pour rouler sur le côté et tendre la main vers le téléphone. En ouvrant un œil, elle aperçut le cadran de sa Cartier, posée sur la table de nuit.

Elle indiquait six heures du matin.

— ... lô ? fit-elle d'une voix encore embrumée par le sommeil.

Bien que mal réveillée, elle reconnut au premier mot l'organe tabagique du commissaire divisionnaire Charlie Badolini, patron de la BRP, ou Brigade de Répression du Proxénétisme, plus connue sous le nom de Brigade Mondaine.

— Ma chère Ghislaine, fit-il entre deux quintes de toux, je suis navré de vous réveiller de si bonne heure, mais je cherche partout Boris et je me suis dit... enfin, je me suis permis de penser que peut-être...

— Une seconde, le coupa Ghislaine, je vous le passe.

L'inspecteur divisionnaire – ou, selon les nouvelles

appellations, le commandant de police – Boris Corentin, as des as de la Brigade Mondaine, section des Affaires Recommandées, était déjà penché au-dessus d'elle, le bras tendu en direction du combiné.

— Oui, patron ?

Au bout du fil, une nouvelle quinte de toux lui répondit. Le matin de bonne heure, c'était encore pire. Mais malgré de nombreuses tentatives pour arrêter, Charlie Badolini n'arrivait pas à se passer de ses Job spéciales, cigarettes fortement nicotinisées qu'il se faisait expédier par cartons entiers depuis sa Corse d'origine.

— Désolé de vous tirer du lit à l'aube, finit-il par articuler. Surtout en aussi bonne compagnie. Mais on a une sale affaire sur les bras.

Boris Corentin trouva la force de sourire :

— Comme si on nous confiait jamais autre chose, patron…

Badolini toussota :

— Oui, évidemment… Toujours est-il que vous allez foncer dare-dare à l'hôpital de Plaisir-en-Yvelines jeter un œil sur un cadavre.

— En guise de petit déjeuner, c'est sympa, merci…

— Écoutez, fit Badolini, moi aussi, on m'a tiré du lit avant l'aube, alors je ne suis pas d'humeur à plaisanter.

— Bien, fit Boris, redevenant sérieux. Et qu'est-ce qu'il fait à Plaisir-en-Yvelines, ce cadavre ?

— Un accident de la route.

Corentin se redressa dans le lit de Ghislaine, qui s'était rendormie.

— Comment ? Mais en quoi est-ce que ça nous concerne ?

— Le médecin légiste et l'officier de gendarmerie vous expliqueront les détails. Tout ce que je peux vous dire, c'est que cette femme – puisqu'il s'agit d'une femme – n'est pas morte dans l'accident en question, contrairement à l'homme qui conduisait et qu'on n'a toujours pas identifié.

Un voyant rouge s'alluma dans la tête de Boris.

— Parce qu'elle, on l'a identifiée ?

— Oui, s'étrangla à nouveau Badolini, et figurez-vous que ce n'est pas n'importe qui. Une cousine éloignée du roi d'Espagne, rien que ça ! Son mari, un riche homme d'affaires espagnol, a signalé sa disparition cette nuit, à deux heures matin, après avoir attendu son retour au *Ritz* toute la soirée. Il craignait un enlèvement et les faits semblent lui donner raison. Si c'est bien elle, évidemment. À l'heure où je vous appelle, il a été convoqué à l'hôpital pour identifier le cadavre.

Corentin laissa passer un temps de réflexion avant de demander :

— Dites-moi, patron, il y a une chose que je ne comprends pas. Si cette femme n'est pas morte dans l'accident, elle est morte comment ?

— Elle était dans le coffre de la voiture. Mais elle était déjà morte. Et il y a autre chose.

— Quoi ?

— Elle a des trous aux chevilles et aux poignets. De véritables orifices maintenus ouverts par des petits tuyaux métalliques passés à travers la chair.

Boris passa une main dans ses cheveux noirs bouclés et ébouriffés, où quelques fils d'argent apparaissaient autour des tempes.

— Vous voulez dire un genre de piercing, patron ?

Badolini soupira :

— Est-ce que je sais, moi ? Peut-être une nouvelle forme de fétichisme. En tout cas, le commissaire Ballandier, du SRP [1] local, a trouvé que ça sentait la dépravation sexuelle à plein nez. C'est pour ça qu'il a cru bon de nous mettre sur le coup.

— Bien, fit Boris, résigné, j'y vais.

— Au fait, fit Badolini, ne vous donnez pas la peine d'appeler Brichot, je m'en suis déjà chargé. Je l'ai trouvé à la maison… lui.

— Je n'en doute pas, fit Boris sans relever la pointe d'acidité du propos. Aimé est un homme marié et fidèle. Un exemple pour nous tous.

— Parlez pour vous, fit sèchement Badolini.

— Je vais quand même l'appeler sur son portable, patron. En venant du Kremlin-Bicêtre, il devrait pouvoir faire un crochet par Neuilly pour me prendre au passage. C'est sur sa route.

Malgré l'heure matinale, le soleil du mois d'août coulait déjà comme du miel par les grandes baies vitrées de l'appartement de Ghislaine, qui donnait sur le bois de Boulogne et les petites cabanes du jardin d'Acclimatation. La lumière de l'aube éclairait d'une manière délicieusement indiscrète son corps dénudé, aux courbes parfaites, et la blondeur de sa chevelure répandue sur l'oreiller.

Boris soupira. Maintenant qu'il était réveillé, il aurait volontiers fait l'amour encore une fois à sa « panthère des beaux quartiers », comme il l'appelait, son amante de cœur.

---

1. Service Régional de Police Judiciaire.

Ni lui ni elle n'étaient tenus à la moindre fidélité envers l'autre. Sauf quand, entre deux voyages aux quatre coins du monde où elle s'occupait d'organiser des défilés de haute couture, Ghislaine était de passage à Paris. Dans ces moments-là, elle avait l'absolue priorité sur toutes les autres conquêtes de Boris. Qui étaient nombreuses, elle ne l'ignorait pas. Mais elle non plus, au hasard de ses voyages, ne pratiquait pas l'abstinence, alors…

Justement, Ghislaine était rentrée la veille d'un voyage au Japon. Boris et elle avaient dîné en tête à tête chez elle, à Neuilly, avant de se livrer à des étreintes passionnées qui avaient duré une bonne partie de la nuit.

Ghislaine avait toujours été d'une nature insatiable. Et quand elle rentrait, après une absence prolongée, elle avait une véritable « fringale de lui », comme elle disait.

C'était réciproque. Et ces quelques heures de sommeil avaient permis à Boris de récupérer tous ses moyens. Lui aussi sentait renaître sa « fringale » d'elle, en regardant le soleil jouer sur sa croupe aux lignes parfaites et se glisser dans le sillon de ses fesses, révélant la corolle nacrée de son intimité la plus secrète.

Malheureusement, le devoir l'appelait. Il s'arracha à cette vision paradisiaque et composa le numéro du portable d'Aimé Brichot, son coéquipier et ami.

Il le trouva dans sa voiture.

— Salut, Mémé. Dis donc, puisqu'on va au même endroit, ça t'ennuierait de faire un petit crochet par Neuilly, je n'ai pas de voiture.

— J'y allais, répondit Brichot.

Boris sourit en raccrochant. Une des principales qualités d'Aimé, c'est qu'on pouvait toujours compter sur lui.

Trois quarts d'heure plus tard, ils débarquaient à l'hôpital de Plaisir-en-Yvelines. Une ville qui, aujourd'hui, n'allait sans doute pas mériter son nom.

Le commissaire Luc Ballandier les attendait dans le hall d'accueil. C'était un homme corpulent et jovial, d'une quarantaine d'années, qui portait hiver comme été un gros pardessus de laine sombre, un chapeau mou, et fumait la pipe en permanence. Ses collègues le soupçonnaient de cultiver un faux air de ressemblance avec le fameux Maigret. Sans en avoir, hélas pour lui, le flair légendaire.

— Messieurs, ravi de vous voir du côté de chez nous, fit-il en leur tendant une main trapue. C'est toujours un honneur de recevoir des vedettes.

— Arrête ton char, fit Boris. Il n'y a pas de vedettes, ici. Juste deux flics qui auraient bien dormi une heure ou deux de plus.

Lui et Brichot connaissaient Ballandier depuis longtemps. C'est pourquoi Boris le tutoyait d'emblée, bien qu'il fut son supérieur hiérarchique.

Ballandier eut un rire gras :

— Tenez... Avant de passer aux choses sérieuses, j'ai repéré une machine à café, là-bas. Ça vous donnera des forces pour le spectacle. Parce que j'aime mieux vous dire que ce n'est pas beau à voir.

C'était le moins que l'on pouvait dire.

Dans la chambre froide de l'hôpital, sur deux civières roulantes, deux corps étaient recouverts d'un drap blanc. Boris et Aimé eurent un petit sursaut quand l'infirmier de service rabattit le premier.

C'était un homme, à n'en pas douter, vu la dimension impressionnante que son sexe conservait, même dans la mort. Un homme qui était bâti comme un véritable athlète.

Boris et Aimé comprirent au premier coup d'œil pourquoi on ne l'avait pas encore identifié.

Le haut de son corps était une véritable bouillie. Sa tête était à moitié écrasée et enfoncée entre ses épaules. Le menton rejoignait le torse et, au-dessus des yeux, ce n'était plus qu'un magma de cervelle, d'os et de sang séché.

Un spectacle à vous soulever le cœur.

— On ne sait toujours pas qui c'est ? demanda Boris.

Ballandier haussa les épaules :

— C'est-à-dire qu'il avait bien des papiers, permis de conduire et carte d'identité, mais je les soupçonne d'être archifaux. D'après les documents en question, il s'appellerait Vladimir Lipovitch, né à Kiev, en ex-URSS, et habiterait à Paris, au 5 de la rue Danton. On a vérifié. Il n'y a jamais eu de Lipovitch à cette adresse. On a demandé au Consulat de bien vouloir vérifier avec l'état civil de Kiev. On attend la réponse, mais je ne me fais pas trop d'illusions.

— Bien, fit Corentin, voyons l'autre.

Aucune blessure apparente n'« abîmait » le corps superbe – même dans la mort – d'Alicia Gonçalves. Sauf si l'on considérait comme des blessures les quatre orifices qui lui perforaient la chair, aux chevilles et aux poignets.

Corentin et Brichot se penchèrent. Les trous en questions étaient parfaitement nets et réguliers, la chair s'était bien cicatrisée tout autour, et l'on voyait distinctement le métal chromé qui en tapissait l'intérieur.

— Du platine, fit une voix.

Boris et Aimé relevèrent la tête. L'homme qui venait de faire son entrée et se tenait devant eux était vêtu d'une blouse blanche pas très nette, avec une batterie de stylos qui avaient couvert de traces d'encre multicolores l'extérieur de sa poche-poitrine. Il avait la soixantaine, à vue de nez, un petit visage fripé de hibou mal réveillé, des cheveux rares, collés à la gomina, et des lunettes à monture d'écaille qu'il portait sur le front.

Il se présenta :

— Jean Leloup, médecin légiste.

Boris et Aimé hochèrent la tête en signe d'appréciation.

— Ce sont de petits tuyaux de platine, insérés chirurgicalement dans la chair. L'opération remonte à huit ou dix mois.

— Pourquoi en platine ? demanda Brichot.

— Parce que cet alliage offre l'avantage d'être bien accepté par l'organisme.

Il tendit vers le poignet d'Alicia Gonçalves un doigt osseux, à l'ongle jauni par la nicotine.

— Voyez, dit-il, la chair s'est bien refermée tout autour.

— Et à part ça, demanda Corentin, vous avez une idée de ce à quoi ça peut servir ? Un genre de fétichisme ? Une nouvelle variété de piercing ?

Un petit sourire frippa un peu plus le visage du légiste.

— J'ai eu un cas comme ça, il y a quelques années. On peut parler de piercing, en effet, dans la mesure où les adeptes de cette… heuh… discipline se font parfois suspendre par les anneaux qui leur traversent la chair. Mon « client » avait des orifices comme celui-là, tapissés de métal. Vous savez pourquoi ? Parce qu'il se faisait régulièrement suspendre au bout de câbles d'acier qu'on enfilait dans ces petits tuyaux.

Boris fit la grimace.

— Mais… la chair ne se déchire pas, avec le poids du corps ?

— Eh non, justement pas, fit Leloup. Parce que ces tuyaux sont insérés à des endroits où une batterie de petits os maintiennent solidement l'ensemble. Même si l'individu est suspendu en l'air pendant des heures.

Corentin soupira et porta machinalement la main à la poche intérieure de son blouson de daim, pour y puiser son paquet de Gitanes légères. Se rappelant qu'on était dans un hôpital, il interrompit son geste.

— Eh bien, fit-il, je crois qu'on est en présence d'un beau cas de sadomasochisme… Je suppose que le reste du temps, cette jeune femme devait cacher ces mutilations avec des foulards, ou autre chose…

— Pas forcément, fit Brichot. Elle en était peut-être fière. Elle les arborait peut-être comme des trophées, ou des décorations…

— Peut-être, Mémé…

Boris se tourna vers le légiste :

— En tout cas, docteur, ce n'est pas ça qui l'a tuée.

Et elle n'est pas morte non plus dans l'accident de voiture. Alors ?...

— Arrêt du cœur, laissa tomber Leloup.

Corentin et Bricot se regardèrent.

— Une crise cardiaque, à son âge ? demanda Aimé.

— Non. Le cœur a lâché à la suite d'une asphyxie progressive. D'un étouffement, si vous préférez.

Boris fronça le sourcils :

— Je ne comprends pas.

Le légiste désigna les épaules et les plis de l'aine de la victime.

— Les articulations ont subi une tension telle que les bras et les jambes ont commencé à se disjoindre. À peine, mais c'est suffisant pour laisser des traces. Des déformations... Elle a été écartelée, probablement au moyen de câbles passés dans les petits tuyaux de platine. Si on ajoute à la douleur provoquée par cette... opération le fait que celle-ci écrase, en quelquc sorte, la cage thoracique, on a largement de quoi provoquer un arrêt cardiaque.

Brichot remonta sur l'arête de son nez ses lunettes de myope qui avaient tendance à glisser, dès qu'il avait chaud.

— Et à part ça, docteur, d'autres observations ? Pas de violences sexuelles ?

— Si, fit Leloup, j'allais vous en parler. Elle a subi une double pénétration, vaginale et anale, probablement avant de mourir.

— Violée ? fit Corentin.

Le légiste eut une moue dubitative :

— Possible, mais j'aurais tendance à penser que non. J'ai l'impression qu'elle est passée par tout un...

cérémonial sado-masochiste, pour lequel elle était consentante. La preuve : ces opérations aux chevilles et aux poignets. Ce qui signifie qu'elle en avait l'habitude. Seulement cette fois, on a dû pousser les choses un peu trop loin et ça a mal tourné.

Brichot hocha la tête en direction du cadavre masculin, derrière eux.

— Vous croyez qu'il a… participé ?

— Ça ne m'étonnerait pas, dit Leloup. Vous avez remarqué comme qu'il moi qu'il était plutôt bien… outillé. Or, l'orifice anal de la jeune femme est particulièrement distendu. Malheureusement, impossible de savoir avec certitude avec qui elle a eu ce double rapport sexuel. Le corps a été lavé de toute trace de sperme.

Corentin se gratta la tête. On avait affaire à des gens méticuleux. Ce qui n'allait pas rendre les choses faciles…

Il se tourna vers Ballandier :

— Vous croyez à cette histoire d'enlèvement ?

L'autre haussa les épaules :

— Je ne sais pas. Tout ce que je veux vous dire, c'est que le mari, un certain Juan Gonçalves, est venu reconnaître le corps. On est allé le chercher au *Ritz*, il est reparti d'ici un quart d'heure avant que vous arriviez. Il a bien reconnu sa femme, Alicia. Il était effondré, en larmes. S'il a quelque chose à voir avec sa mort, c'est un sacré comédien.

— Il ne serait pas le premier assassin à avoir des dons d'acteur, fit Brichot avec un petit sourire qui releva un coin de sa fine moustache blonde.

— En tout cas, fit Corentin, tu nous le gardes au frais. On ira sûrement lui rendre une petite visite.

— C'est fait, assura Ballandier, il a interdiction de quitter son hôtel avant qu'on ne lui en ait donné l'autorisation.

— Remarque, ricana Aimé, le *Ritz*, comme maison d'arrêt, il y a pire.

— Au fait, continua Ballandier, la voiture aussi, on vous l'a gardée au frais. Elle est au garage de la préfecture de Plaisir. Mais on va vous la faire rapatrier à Paris, en même temps que les corps... maintenant que vous vous occupez de l'affaire.

Il avait dit ça avec une satisfaction qui n'avait pas échappé à Corentin et Brichot.

Luc Ballandier voulait bien endosser le costume de Maigret, pipe comprise, mais de là à travailler autant...

CHAPITRE III

Judith Moreau leva une main aux ongles rouges en direction de l'infirmière qui manipulait la console commandant le treuil. Une manière de lui signifier, comme un chef d'orchestre, qu'elle devait y aller *moderato*. Avec la plus extrême douceur.

— Maintenant, souffla-t-elle.

L'infirmière, une fille blonde de près d'un mètre quatre-vingts aux formes sculpturales, effleura à peine la touche luminescente. Aussitôt, le mécanisme obéit et l'unique câble qui descendait vers le bloc opératoire se tendit imperceptiblement.

Ce fut suffisant pour que Julie Desclaux laisse échapper un hurlement de bête poignardée.

Un hurlement bref.

Presque aussitôt, elle reprit le contrôle d'elle-même, parvenant à maîtriser la douleur, comme elle le faisait depuis le début de l'opération, avec un courage et une volonté qui étonnèrent le docteur Moreau.

Et aussi Daniel Durieux, l'homme qui se tenait à genoux sur la table d'opération, entièrement nu, sa virilité mince, mais qui semblait interminable, coulissant régulièrement à l'intérieur du ventre offert de sa partenaire.

Durieux et Judith Moreau échangèrent un clin d'œil de satisfaction complice.

Daniel Durieux, dit « Dédé », pouvait être fier de sa nouvelle recrue. Elle tenait le coup au-delà de toutes ses espérances.

Ce qui n'était pas toujours le cas des filles qu'il séduisait, grâce à son physique de playboy, sa Porsche et sa « tchatche d'enfer », comme il le disait lui-même avec une autosatisfaction non dissimulée. Il les draguait un peu partout. Dans les discothèques, bien sûr, mais aussi dans les musées, les bibliothèques, les galeries de tableaux... même, parfois, à la sortie des lycées.

Son truc, à lui, c'était le sadomasochisme. Le SM, comme on disait communément. Seulement, la plupart des filles qu'il draguait, généralement très jeunes, n'avaient jamais goûté à ce genre de plaisirs sulfureux. Elles en avaient entendu parler, bien sûr, mais en ignoraient tout. Dans leur esprit, c'était un truc de « vieux », ou de pervers friqués. Du coup, la première fois qu'il abordait le sujet avec elles, il avait toujours droit à des protestations indignées, voire des cris d'horreur. Il avait l'habitude. Il savait qu'il fallait les apprivoiser, avant de passer au « dressage » proprement dit.

Entre le premier contact et le moment où elles acceptaient de se rendre avec lui dans la clinique du docteur Moreau, il y avait souvent une longue route à parcourir.

Mais « Dédé » avait de la patience. Il savait qu'il finirait presque toujours par les avoir. À la « tchatche ». Et il avait raison. Bien sûr, il avait connu quelques échecs, mais très rares. En général, les filles finissaient toujours par le suivre dans l'un ou l'autre des clubs SM de la capitale, dont il était un habitué. Là, elles avaient droit au traitement « soft », c'est-à-dire bondage et flagellation, mais en douceur. Dédé donnait toujours des instructions pour qu'on ne leur fasse pas mal, la première fois. Pas vraiment. Et sans laisser de marques sur leur jolie peau...

Le traitement s'accentuait progressivement, les coups faisaient un tout petit peu plus mal à chaque séance...

Ce n'était que quand elles étaient « mûres », comme il disait, qu'il les entraînait chez Judith Moreau.

Où, cette fois, les choses devenaient beaucoup plus sérieuses.

Là, les filles étaient confrontées à un défi. Tout au moins, on leur présentait la chose comme telle. Il s'agissait, à en croire Daniel et le docteur Moreau, d'une véritable question d'amour-propre, un seuil à franchir dans la domination de soi-même, une étape décisive vers l'accomplissement de soi et l'acquisition d'une force intérieure qui les rendrait supérieures, exceptionnelles...

Bref, un baratin absurde, mais que Judith Moreau et Daniel Durieux avaient soigneusement mis au point et savaient rendre convaincant.

Au début, Dédé avait cru que ce jargon pseudo-philosophique fonctionnerait surtout sur les gamines un peu déboussolées et sans grande éducation qu'il draguait à la sortie des lycées de banlieue et dans les discothèques d'autoroute.

Et puis, à sa grande surprise, il s'était aperçu que les filles qui « réagissaient » le mieux étaient celles qu'il appelait les « intellos », celles qu'il allait chercher dans les bibliothèques, comme celle de Beaubourg, aux expositions du Musée d'Art moderne ou dans les galeries de peinture de la Rive Gauche. Parce que ces filles-là faisaient des études, préparaient des maîtrises, ou se colletaient avec le jargon spécialisé de l'art contemporain. Du coup, elles avaient un esprit curieux, ouvert à la nouveauté et à l'exploration de l'inconnu. Surtout quand on savait leur faire passer tout ça dans un lyrisme philosophico-littéraire.

Julie Desclaux était l'une de ces « intellos ». Une étudiante, que Daniel Durieux avait draguée à la bibliothèque du Centre Pompidou, où elle était plongée dans une pile de bouquins sur le surréalisme allemand des années vingt.

Il n'avait pas tardé à s'apercevoir qu'elle entrait dans la catégorie des rebelles. Dédé avait mis des semaines à l'apprivoiser, des semaines encore à l'entraîner pour la première fois dans son club SM, et encore un bon mois avant qu'elle ne se retrouve dans la clinique de Judith Moreau, sur la table de la « salle d'op » numéro deux.

Entre deux coups d'œil complices au chef de clinique, Daniel Durieux savourait sa victoire. Une victoire longtemps attendue. Mais qui en valait la peine.

Tout en allant et venant lentement à l'intérieur du ventre brûlant de la fille, il caressait doucement ses cuisses largement écartées, savourait le toucher incomparablement soyeux de sa peau jeune, presque adolescente, que mouillait une sueur animale. Une sueur provoquée à la fois par la peur et par la douleur. Et qui la rendait encore plus excitante.

Un moment, Dédé crut qu'il allait exploser, se vider au fond d'elle de toute la sève qu'il sentait monter de ses reins, en un bouillonnement qu'il avait de plus en plus de mal à contenir.

Il fit un effort de concentration et parvint enfin à se maîtriser.

Ça aussi, il avait l'habitude. Ses dimensions exceptionnelles et son physique avantageux lui avaient permis, pendant un an ou deux, de faire une carrière de « hardeur ». C'était de l'argent facilement gagné, et Dédé, que les principes n'étouffaient pas, n'avait rien contre l'argent facile. Mais tout ça avait fini par l'ennuyer. Il avait abandonné la vidéo porno pour se consacrer à la seule chose qui l'excitait vraiment : le SM poussé à l'extrême, avec des proies jeunes et innocentes qu'il éprouvait une satisfaction indicible à entraîner avec lui jusque dans les abîmes du plaisir… par la souffrance.

Et, en fait de souffrance, Julie Desclaux était servie.

Elle était sur le dos, mais seuls ses épaules, ses bras et ses pieds touchaient le métal froid de la table d'opération.

De tout son corps, elle était cabrée, tendue comme un arc vers le plafond, essayant d'accompagner la traction du câble qui la tirait vers le haut.

Et qui était relié à un anneau d'argent, lui-même passé à travers la chair délicate de son clitoris.

Si Judith, à bout de forces et poignardée par les crampes, se laissait retomber, l'anneau arracherait la partie la plus intime et la plus fragile d'elle-même.

Ce qu'évidemment, elle n'ignorait pas.

Le « traitement » consistait pour elle à éprouver le

plus grand nombre possible d'orgasmes dans cette position, en se concentrant jusqu'à ce que le plaisir domine la douleur, au point de la lui faire oublier. Mais sans, pour autant, que le plaisir ne lui fasse perdre de vue le danger de sa situation.

Pour ça, bien sûr, il fallait que Daniel, de son côté, « tienne » aussi longtemps que possible.

Mais ça faisait déjà deux heures qu'il la prenait dans cette position, et il avait l'air parti pour battre des records.

Dans sa tête, le parfum aigre de la sueur de sa partenaire se mêlait à celui, entêtant et douceâtre, de Judith Moreau. Et le mélange avait quelque chose d'enivrant qui lui faisait perdre tout contact avec la réalité. S'il avait fumé un gigantesque « pétard », l'effet n'aurait pas été plus violent.

Le docteur Moreau, elle, sans perdre le contrôle d'elle-même, ni celui des opérations, se laissait doucement hypnotiser par le va-et-vient de la longue colonne de chair qui perforait la corolle nacrée, ruisselante d'une rosée intarissable. Des bouffées de désir lui faisaient monter le rouge aux joues. Mais désormais, hélas, Sali n'était plus là pour, sur un simple claquement de doigts, calmer le feu de son ventre.

Un éclair meurtrier traversa ses yeux verts quand elle repensa à l'accident de la nuit précédente, sur la route de Monfort-l'Amaury. Cet imbécile de Sali n'avait rien trouvé de mieux que de s'endormir au volant et de balancer la voiture contre un arbre !

Heureusement qu'il s'était tué sur le coup, ça lui avait épargné le souci d'avoir à le faire elle-même.

Pour Sali, ça n'avait rien de dramatique. Umberto,

son ami, le diplomate italien, lui trouverait par la même filière un autre Albanais, tout aussi obéissant... et tout aussi bien doté par la nature.

Le vrai problème, c'est qu'il avait eu son accident avant de s'être débarrassé du corps d'Alicia Gonçalves. Que les flics avaient naturellement trouvé. Et, grâce à la déclaration de disparition faite par son mari – sur son ordre à elle, Judith Moreau –, ils n'avaient pas mis longtemps à l'identifier. Une petite cousine du roi d'Espagne ! Un régal pour la presse à sensation ! L'histoire était dans tous les journaux, avec le compte rendu de l'accident.

À l'heure qu'il était – c'est-à-dire presque vingt-quatre heures après le drame – il y avait tout à parier que les flics avaient déjà dû avoir une petite conversation avec l'Espagnol.

Judith Moreau n'était pas trop inquiète, à ce propos. Juan Gonçalves était un lâche, qui crevait de trouille à l'idée que sa vie soit foutue. Et qui faisait littéralement dans son froc à l'idée de se retrouver en taule. Bref, il avait bien trop peur pour sa petite personne. Même si les flics le cuisinaient, il ne dirait rien. De plus, il était véritablement et sincèrement accablé par la mort de sa femme, ce qui l'aiderait à jouer la comédie du veuf éploré avec un naturel à toute épreuve.

Bref, la vie continuait. Une « bavure » comme celle-là faisait partie des aléas du métier. Pas la peine de se torturer inutilement.

Le tout, c'était de savoir prendre ses précautions. Et elle, Judith Moreau, elle les avait prises, depuis le début.

Elle eut un léger sourire en pensant que ni les

papiers de Sali, ni ceux de la voiture, ne permettraient à la police de remonter jusqu'à elle.

Évidemment, il faudrait se procurer un autre véhicule. D'un genre tout aussi spécial. Mais pour ça aussi, elle avait sa filière.

Ce qui faisait la force du docteur Judith Moreau, c'était son sens de l'organisation.

Elle se concentra à nouveau sur le « traitement » que subissait la jeune Julie Desclaux. Quel âge Dédé lui avait-il dit qu'elle avait, déjà ? Dix-sept, dix-huit ?... Tout à son excitation de la voir arriver, avec son corps de rêve moulé dans une robe en coton imprimé et son joli visage, qu'encadrait une épaisse chevelure brune, elle n'y avait pas fait attention.

Mais maintenant, en y repensant, elle se dit que si cette fille était mineure, ça pourrait devenir embêtant. Et elle avait eu assez d'ennuis comme ça, dans les dernières vingt-quatre heures...

Oh, et puis, après tout... on verrait bien. Ce n'était pas à ce stade des opérations qu'on allait faire marche arrière.

Comme pour chaque « patient », des électrodes fixées à la poitrine de la « protégée » de Daniel permettaient au chef de clinique de suivre le rythme de ses battements cardiaques sur l'écran de contrôle.

Et Julie Desclaux avait un cœur de jeune fille... et pour cause.

N'empêche qu'elle commençait à manifester des signes de faiblesse. Elle gémissait à présent à intervalles réguliers, et Judith Moreau connaissait assez son affaire pour savoir que ces gémissements ne devaient rien au plaisir, mais tout à la douleur.

Dédé, lui, ne s'apercevait de rien. Uniquement concentré sur son plaisir, il continuait de la besogner, les yeux mi-clos, dans une expression de béatitude ahurie.

Soudain, ses mouvements devinrent saccadés, plus brutaux aussi. Judith Moreau comprit tout de suite. Sous l'effet d'un orgasme qu'il ne pouvait retenir plus longtemps, et sans attendre qu'on lui en donne la permission, Daniel commençait à se déverser dans le ventre de Julie. La tête rejetée en arrière, il poussait à présent un long grognement ininterrompu. Ses reins se projetèrent en avant, à la rencontre du ventre de sa partenaire, dans un mouvement instinctif pour la posséder jusqu'au fond d'elle-même.

L'effet produit sur la fille fut une sorte d'orgasme à l'envers. Au lieu de se tétaniser sous les vagues du plaisir, ce fut comme si elle perdait connaissance. On aurait dit que quelqu'un avait coupé le courant qui animait Julie Desclaux, « éteignant » d'un seul coup toute sa concentration et toute sa force musculaire.

Elle se laissa lourdement tomber, de tout son poids, sur le métal chromé de la table d'opération.

Aussitôt, un hurlement inhumain vrilla les oreilles de Judith Moreau et secoua Daniel Durieux comme une décharge électrique.

Ce fut d'abord son visage à lui que vit le chef de clinique.

Un visage qui, d'extatique, se transforma instantanément en une grimace d'horreur.

En retombant, Julie l'avait fait sortir d'elle, mais surtout, elle avait provoqué le pire. L'anneau d'argent avait arraché son clitoris et une fontaine de sang jaillissait d'entre ses cuisses, inondant à la fois la table d'opération et la virilité de son partenaire, dont le volume diminuait à vue d'œil.

À présent, lui aussi hurlait comme un dément, s'agitant ridiculement, toujours à genoux entre les cuisses de Julie, tenant son sexe entre ses mains. On aurait dit qu'il se demandait si la partie la plus précieuse de lui-même n'avait pas été arrachée, elle aussi.

Les deux partenaires, joignant leurs hurlements, s'agitaient sur la table chromée avec des soubresauts de canards à la tête coupée.

Seule Judith Moreau gardait son calme. En chirurgien expérimenté, elle savait parfaitement que la mutilation que la fille venait de subir équivalait, pour un homme, à une castration sans anesthésie.

Un truc à se vider de son sang jusqu'à la dernière goutte.

Celui de Julie Declaux s'écoulait par la gouttière de la table » à la vitesse d'une baignoire qu'on vide.

Judith Moreau jeta un œil à l'écran de contrôle. Le graphique faiblissait. Les mouvements de la fille aussi.

Inutile de tenter quoi que ce soit.

Il n'y avait plus rien à faire…

*

* *

Assis au bord du lit de sa suite, au *Ritz*, Juan Gonçalves empoigna machinalement par le goulot la bouteille de Wild Turkey qu'il avait commandée et s'en resservit un verre plein.

La bouteille, à présent, était presque vide.

Et il était à peine dix heures du matin.

Boris Corentin et Aimé Brichot se regardèrent, consternés.

Le bel Espagnol n'avait plus rien de l'hidalgo conquérant, du « jet-setter » fortuné à qui ni les femmes ni les affaires ne résistaient.

Une barbe drue, très noire, commençait à lui manger le visage. Sa peau était devenue grise et ses yeux rougis par les larmes étaient soulignés par de véritables « valises ».

Et le fait de s'assommer au bourbon ne risquait pas d'arranger son état.

Ce que ni Corentin ni Brichot n'eurent le cœur de lui faire observer. À quoi bon ? Et puis, s'il n'avait trouvé que ce moyen pour anesthésier son chagrin, ça le regardait, après tout. Il finirait bien par s'en remettre, d'une façon ou d'une autre. Si les grandes douleurs, contrairement à ce qu'on dit, sont rarement muettes, elles sont encore plus rarement éternelles.

— Qu'est-ce que vous voulez que je vous dise de plus ? gémit Gonçalves, la tête dans les mains. Elle est sortie hier, en début d'après-midi... Il pouvait être quinze heures... Elle m'a dit qu'elle allait faire du shopping, faubourg Saint-Honoré. Comme c'est à côté, elle a dû y aller à pied. Moi, pendant ce temps-là, je suis descendu à la piscine... et voilà. Je suis remonté vers six heures, elle n'était toujours pas rentrée. Je ne me suis pas inquiété tout de suite. J'ai commencé à m'habiller... Nous devions aller dîner chez *Ledoyen*, en tête à tête... Ce n'est qu'à partir de huit heures, huit heures et demie, que j'ai commencé à paniquer...

— Mais pourquoi avoir attendu deux heures du matin pour appeler la police ? demanda Brichot.

L'Espagnol leva vers lui un regard éteint :

— Parce qu'il ne m'est pas venu à l'idée, tout d'abord, qu'elle ait pu avoir été enlevée. Vous savez, quand elle se lançait dans des séances d'essayage, chez Hermès ou chez Dior, elle perdait toute notion du temps. Je me suis dit qu'elle avait oublié l'heure. Ensuite, j'ai pensé qu'elle avait rencontré une amie, qu'elles étaient allées boire un cocktail et qu'elles avaient commencé à papoter... Les femmes, vous savez ce que c'est... À partir de neuf heures, je me suis mis à appeler tout le monde... je veux dire, toutes nos relations parisiennes, pour savoir si elle ne serait pas chez l'un ou chez l'autre... Curieusement, l'idée de l'enlèvement, ou de l'accident, ne me venait toujours pas... Ce n'est qu'en désespoir de cause que j'ai fini par appeler la police...

Brichot esquissa un sourire mélancolique :

— Eh oui... c'est toujours en désespoir de cause qu'on nous appelle.

Boris empoigna par le dossier un fauteuil Voltaire recouvert de chintz fleuri, le déposa devant Gonçalves et s'y installa, penché en avant, le visage à vingt centimètres du sien.

Il voulait scruter ce regard au-delà de son désespoir, qui avait l'air sincère, y plonger pour tenter d'y déceler ce que l'Espagnol pouvait peut-être leur cacher.

Car le super-flic qu'il était n'arrivait pas à se départir d'une impression bizarre face à son interlocuteur. Il avait le sentiment que cet homme, qui semblait réellement accablé par la mort de sa femme, ne disait pourtant pas la vérité.

D'ailleurs, plus il retournait le problème dans sa tête, plus il était persuadé que cette histoire d'enlèvement ne tenait pas debout.

Quand on enlève une femme riche, c'est presque toujours pour de l'argent. Ou alors, c'est une histoire de politique. En tout cas, il y a forcément un chantage à la clé. Une demande de rançon, ou une exigence quelconque…

Or personne n'avait demandé d'argent, ni quoi que ce soit d'autre, à Juan Gonçalves.

Restait l'autre possibilité.

— Vous faites de la politique, Monsieur ? demanda Boris en plongeant son regard noir dans celui de l'Espagnol.

Les yeux de l'autre s'agrandirent sous l'effet de l'étonnement.

— Non, fit-il, je n'ai jamais fait de politique de ma vie. Pourquoi ? Vous pensez à l'ETA ?

Il haussa les épaules et ajouta :

— Ni moi, ni personne de ma famille n'a jamais occupé de fonctions susceptibles de déchaîner la haine des séparatistes basques. Je ne suis qu'un homme d'affaires, et même si ma femme était une cousine éloignée du roi, nous n'avons jamais touché à la politique.

— Bien, fit Boris.

Il était convaincu de la sincérité de Gonçalves sur ce dernier point. D'ailleurs, il n'avait posé cette question que pour la forme. Depuis qu'il avait vu le cadavre d'Alicia Gonçalves, il savait que les causes de sa mort étaient ailleurs.

— Pardonnez-moi d'en venir à des choses plus personnelles, monsieur Gonçalves, mais je suis obligé de vous poser certaines questions concernant votre vie privée.

L'Espagnol eut un sourire triste qui rendit son visage encore plus pitoyable.

— Je suppose que vous allez me parler de ce que ma femme avait aux poignets et aux chevilles, fit-il.

— En effet, dit Corentin. D'après ce qu'on nous a expliqué, ces petits tuyaux de platine greffés dans sa chair auraient pu lui servir à se faire suspendre, au cours de séances, disons…

— Sadomasochistes, fit Gonçalves en redressant soudain la tête, c'est le terme que vous alliez employer ?

— Oui.

L'Espagnol soupira profondément et reprit, en regardant Boris droit dans les yeux :

— C'est le terme exact, inspecteur. Mon épouse et moi-même pratiquions cette forme de sexualité, je l'avoue sans honte. Après avoir exploré toutes les voies du plaisir, nous en étions arrivés à celle-là. Et alors, ça n'a rien d'illégal, non ?

— Absolument pas, fit Corentin. Tant que ça se passe, comme on dit, entre adultes consentants…

— Alicia était tout à fait consentante, dit Gonçalves. Elle aimait ça autant que moi. J'ajoute que c'est elle, il y a près d'un an, qui a pris l'initiative de cette… opération.

À son tour, Aimé Brichot attrapa une chaise et s'installa près de l'Espagnol.

— Et peut-on savoir, demanda-t-il, qui a pratiqué ladite opération ?

Boris aurait juré qu'une lueur de panique était passée dans le regard de Gonçalves à la question d'Aimé. C'était à peine perceptible, et ça n'avait duré qu'une fraction de seconde. Mais c'était suffisant pour que les « antennes » de Corentin captent le signal.

Gonçalves haussa les épaules.

— Je n'en sais rien, dit-il. Ça s'est passé pendant que j'étais en voyage d'affaires, à New York. Alicia avait voulu me faire la surprise. J'avoue que, sur le moment, il ne m'est pas venu à l'idée de lui demander à qui elle s'était adressée. Sans doute à un spécialiste...

— Sans doute... fit Corentin, songeur. Au fait... il y a combien de temps que votre épouse et vous-même étiez à Paris ?

— Pas tout à fait quinze jours, fit Gonçalves.

— Et depuis votre arrivée, intervint Brichot, vous êtes-vous rendu dans l'un ou l'autre des établissements spécialisés de la capitale ?

L'Espagnol leva vers lui un regard de chien battu :

— Vous voulez dire un club SM, je suppose ?

Brichot hocha la tête affirmativement.

— Oui, fit Gonçalves. Je peux même vous donner les noms : *La Forteresse*... *Le Donjon*... *Mado*...

Par acquit de conscience, Boris nota mentalement les noms des boîtes en question. Pas la peine de demander les adresses. Elles étaient toutes parfaitement connues de la Brigade Mondaine.

— Et, lors de vos visites, il n'y a pas eu de problèmes ? demanda-t-il.

— Non... aucun.

Machinalement, Gonçalves tendit la main vers la bouteille de Wild Turkey et se remplit un autre verre.

Il la reposa… vide.

Corentin et Brichot échangèrent un regard lourd de signification. Ils n'avaient pas besoin de se parler pour savoir qu'ils pensaient la même chose : ils tournaient en rond.

Pour un peu, Boris se serait servi un bourbon, lui aussi, histoire de calmer sa frustration. Heureusement que la bouteille était vide.

Il y avait quelque cloche qui clochait, dans toute cette histoire, c'était évident. Alicia Gonçalves était une habituée des pratiques sadomaso les plus violentes. Par conséquent, pourquoi l'enlever pour lui faire subir de force un traitement qu'elle subissait le reste du temps de plein gré, pour son plus grand plaisir ?

À moins que sa mort ne soit pas un accident et qu'on ait eu l'intention de la tuer, en poussant délibérément le « traitement » au-delà des limites du supportable ?

Et si c'était le cas, pourquoi ? Pour la punir de quelque chose ? Pour punir son mari, à travers elle ?…

— Vous vous connaissez des ennemis, monsieur Gonçalves ? demanda Boris à brûle-pourpoint.

L'Espagnol haussa les épaules :

— Vous savez, dans le monde des affaires, on ne se fait pas que des amis… Mais franchement, je ne vois personne qui puisse m'en vouloir au point d'assassiner ma femme.

Boris et Aimé se regardèrent. Ils ne tireraient plus rien de Juan Gonçalves. Pour l'instant, en tout cas. Autant mettre un terme à l'entretien.

— Bien, monsieur Gonçalves, fit Boris en se levant,

nous allons vous laisser tranquille. Je vous demanderai simplement de ne pas quitter Paris pour l'instant. Il se peut que nous ayons à nouveau des questions à vous poser.

L'Espagnol acquiesca mollement de la tête.

— Je ne me sens pas la force d'aller où que ce soit, de toute façon…

En quittant sa suite, Boris et Aimé l'entendirent commander par téléphone une autre bouteille de bourbon.

CHAPITRE IV

François Lesur respira profondément l'air marin et souffla bruyamment, en force, comme il apprenait à le faire aux élèves de sa classe de gymnastique. Mais pour l'instant, les lycéens de Dinard, comme de toutes les villes de France, étaient en vacances, et le prof de gym faisait du sport pour son plaisir exclusif et personnel.

Comme tous les matins, en été, il se levait de bonne heure afin d'avoir pour lui seul la superbe plage de Dinard, près de Saint-Malo. Une plage qu'il ne se lassait pas d'admirer. En forme de demi-lune, elle était encadrée de grands promontoires rocheux sur lesquels s'élevaient des villas de rêve. Côté promenade, derrière les tentes à rayures et les cabines de bains, il y avait le casino, les restaurants, et la statue d'Alfred Hitchcock, debout sur son œuf avec son corbeau sur l'épaule, clin d'œil au Festival du cinéma britannique qui avait lieu ici une fois l'an.

Il y avait aussi une magnifique piscine olympique couverte et chauffée, aux immenses baies vitrées donnant sur le large.

Ça, c'était pour les frileux. Parce que dans cette partie nord de la Bretagne, même en été, la mer était plutôt fraîche. Et même glaciale, disaient certains. Les mêmes, sans doute, qui affirmaient que c'était pour ça que les Bretons étaient de si bons marins : la mer, ici, il valait mieux naviguer dessus que nager dedans…

François Lesur, lui, ne faisait pas partie des frileux. Chaque matin d'été, vers huit heures, il enfilait – malgré tout – sa combinaison de plongée et fonçait vers les vagues, sa planche à voile sous le bras.

Ce jour-là, c'était un vrai bonheur : plage déserte, ciel bleu, et juste ce qu'il fallait de vent.

Quand ses pieds atteignirent l'eau, il jeta sa planche devant lui. Elle tomba sur la surface avec un « floc » mouillé. Lesur avait de l'eau jusqu'à la taille, à présent. Il prit son élan pour se hisser sur la planche et empoigner dans le même mouvement le bras horizontal qui commandait la voile.

Ce fut à cet instant précis que la planche heurta quelque chose de dur.

Un peu inquiet à l'idée qu'elle puisse être abîmée, le jeune prof de gym la déplaça de côté pour voir sur quoi elle avait bien pu cogner. Sûrement pas un rocher, en tout cas. Les plus proches se trouvaient beaucoup plus loin de la plage, et comme c'était marée haute, ils étaient largement recouverts.

C'était une grande masse presque entièrement immergée, et François Lesur ne l'identifia pas tout de suite.

Ce ne fut qu'une seconde ou deux plus tard qu'il comprit vraiment ce que c'était.

Et que son sang se transforma en glace, pour des raisons qui n'avaient rien à voir avec la température de l'eau.

Un corps de femme, jeune et entièrement nue, flottait à la surface des vagues. Sa peau avait la blancheur caractéristique des cadavres et ses yeux encore ouverts semblaient regarder le ciel, à travers la pellicule liquide, dans une expression d'incompréhension hagarde.

Paralysé de stupéfaction et d'horreur, François Lesur laissa sa planche s'éloigner. Poussé par le courant, le cadavre de la fille le heurta du pied.

Ce fut comme un choc électrique.

Il se mit à hurler, tout en se débattant pour s'arracher de l'eau et foncer vers la plage.

Qu'il traversa en courant, avec des cris de terreur qui firent s'envoler les mouettes.

*
* *

Allongé sur le dos, la tête calée dans les oreillers, Boris Corentin savourait le spectacle de la chevelure blonde de Ghislaine, montant et descendant régulièrement à la hauteur de son ventre.

Elle l'avalait consciencieusement depuis un bon quart d'heure, avec une voracité de lionne, mais aussi avec une science d'amoureuse experte. Boris ne pouvait retenir des grognements de plaisir, à chaque fois qu'il sentait son membre englouti par le fourreau brûlant de la bouche de son amante. Parfois, Ghislaine le faisait sortir d'entre ses lèvres et, le maintenant à la verticale du bout de ses doigts aux ongles carmins, elle descendait lentement, couvrant de baisers la colonne de chair gonflée à éclater, et avalant l'un après l'autre les sacs soyeux qui reposaient entre les cuisses de Boris. Elle les faisait l'un après l'autre rouler sur dans sa bouche, puis, de la langue, elle les soulevait en les léchant avec volupté.

Elle remonta lentement vers le casque violacé qui surmontait orgueilleusement le pieu de chair jaillissant du ventre de Boris, et en agaça la base et le pourtour du bout de la langue, interminablement. Puis, elle posa ses lèvres rouges sur le sommet et le coiffa, tout en s'immobilisant et en levant vers Boris un regard langoureux.

En croisant le regard de Ghislaine, Corentin eut un sourire en forme de grimace douloureuse.

— Arrête ! gémit-il, c'est trop bon... Je vais exploser.

Ghislaine l'abandonna et le regarda avec un sourire de tigresse qui n'est pas prête de lâcher sa proie.

— Je te l'interdis, susurra-t-elle. Je n'en ai pas fini avec toi. Maintenant, je te veux en moi. Par la porte étroite...

Boris ne put s'empêcher de sourire à cette allusion érotico-littéraire. [1] Décidément, Ghislaine Duval-Cochet savait rester « classe » en toutes circonstances...

Et ses désirs, surtout dans ce domaine, étaient des ordres.

Déjà, elle s'était retournée et, à quatre pattes sur le lit, lui offrait une vue irrésistible sur la partie la plus charnue d'elle-même. Creusant les reins, elle faisait

1. Allusion au roman d'André Gide, *La porte étroite*. Lequel, malgré l'homosexualité notoire de l'auteur, n'a rien d'érotique.

saillir, pour mieux l'exciter, les rondeurs parfaites de sa croupe. Elle se laissa tomber, le visage sur le couvre-lit et, jetant les mains en arrière, écarta de sa propre initiative les deux demi-sphères, dans le sillon duquel apparut le petit anneau plissé de ses reins.

Avec le traitement que Ghislaine venait de lui faire subir, Boris n'avait pas besoin de lubrifiant supplémentaire. Il appuya l'extrémité de lui-même à l'orifice que son amante lui avait désigné et poussa, avec un mélange parfaitement dosé de douceur et de force. Bientôt, la « porte étroite » s'ouvrit pour l'accueillir, avec une souplesse dont Boris ne cessait jamais de s'émerveiller. Très vite, il disparut complètement en elle. Et commença un va-et-vient très lent, savamment calculé.

Ghislaine, qui avait gémi de douleur quand Boris avait pris possession d'elle de cette manière, ne tarda pas à pousser des feulements de plaisir, de plus en plus rapprochés et de plus en plus violents.

Boris accéléra son mouvement à l'intérieur des reins de sa partenaire. Dont les feulements se transformèrent en véritables cris.

Heureusement que l'appartement de Ghislaine était construit en matériaux de qualité, qui lui assuraient une insonorisation presque parfaite. Ça évitait, dans des moments comme celui-ci, d'alerter les voisins.

C'était un petit confort supplémentaire que Boris appréciait, autant que le luxe de la décoration et de l'ameublement. Ghislaine, qui évoluait à longueur d'année dans les hautes sphères de la mode, était une femme de goût. Et pour leurs ébats amoureux, elle préférait à tout autre ce cadre qu'elle avait soigneusement élaboré au fil des années. Même si, à l'occasion, elle n'était pas contre une étreinte en voiture, ou dans un lieu public, avec ce petit frisson supplémentaire que procure le danger d'être surpris. Après tout, la première fois qu'ils avaient fait l'amour, c'était dans une pièce de service de l'aéroport d'Anchorage, en Alaska, pendant une escale, alors qu'ils étaient l'un et l'autre en route pour le Japon. [1]

Et puis, Ghislaine n'appréciait pas trop la garçonnière de Boris, rue de Turbigo. Elle imaginait sans peine le nombre impressionnant de créatures qui y avaient défilé et, même si elle ne lui reprochait rien, elle n'avait pas envie de prendre leur suite sur la liste. Boris et elle, c'était à part. C'était exceptionnel. Et à ses yeux, ça méritait un cadre particulier, n'appartenant qu'à eux.

Au hurlement de plaisir quasi ininterrompu qui s'échappait à présent de la gorge de Ghislaine, Boris comprit qu'elle n'allait plus tarder à être emportée dans la tempête de l'orgasme. Il accéléra encore son rythme et, presque tout de suite, explosa en elle, se déversant au fond de son ventre à longs jets brûlants, avec des râles de bonheur.

Ils retombèrent, pantelants, les cheveux collés par la sueur qui leur détrempait tout le corps.

Et le téléphone sonna.

— Enfin... fit Ghislaine avec un soupir fataliste, ça

---

1. Voir Brigade Mondaine n° 26, *Le bouddha vivant.*

aurait pu être pire. Ça aurait pu arriver deux minutes plus tôt.

Boris tendit le bras et décrocha.

— Désolé de vous déranger encore une fois chez votre amie Ghislaine, fit l'organe tabagique de Charlie Badolini. Comme il est dix heures du matin, j'espère que cette fois, au moins, je ne vous réveille pas ?

— Non, patron, fit Boris. On était juste en train de faire une petite… grasse matinée.

Badolini toussota, un peu gêné, comprenant à quoi Boris faisait allusion à demi-mot.

— Vous qui êtes breton, poursuivit le chef de la Brigade Mondaine, vous allez pouvoir faire un tour au pays.

— À Audierne ? fit Boris, songeant à sa ville natale, où sa vieille mère vivait toujours, dans l'attente de visites qu'il reportait trop souvent.

— Pas tout à fait. À Dinard.

— Ah bon, dit Corentin, légèrement déçu. Et pourquoi ? Attendez !… Ne me dites pas qu'on a un nouveau cadavre sur les bras ?

Il dut patienter, le temps que son supérieur hiérarchique termine une nouvelle quinte de toux, avant d'avoir la réponse qu'il soupçonnait déjà :

— Si. Encore une femme. On l'a repêchée ce matin. Et elle aussi, d'après ce qu'on m'a dit, a subi des mutilations sadomasochistes.

— Vous avez des raisons de penser que les deux affaires sont liées, patron ?

— Est-ce que je sais, moi ? En tout cas, il y a comme un air de famille, non ? En tout cas, si les deux affaires sont liées, comme vous dites, on est dans une belle merde, passez-moi l'expression. Parce que ce genre de série, vous le savez aussi bien que moi, on ne sait jamais où ça s'arrête.

Corentin le savait très bien, où ça s'arrêtait. Ça s'arrêtait le jour où lui et Brichot réussissaient à mettre un terme aux exploits du détraqué sexuel.

Boris vit apparaître devant ses yeux une énorme pendule, dont la trotteuse avançait inexorablement avec des « tic-tac » sonores. La pendule qui rythmait l'éternelle course contre la montre...

Boris connaissait le principe, depuis le temps. Il était tout simple. D'un côté, un tueur qui semait des cadavres le long de sa route. De l'autre, deux flics, les yeux bandés, essayant de rattraper un individu malin, organisé et impitoyable... Et qui partait à chaque fois avec plusieurs longueurs d'avance.

Une partie pour le moins inégale.

Il soupira.

Enfin... il ne fallait peut-être pas dramatiser. On n'avait pas forcément affaire à ce que, de nos jours, pour faire chic, les médias appelaient un *serial killer*. Après tout, il pouvait très bien s'agir de deux accidents, provoqués par des jeux sadomasochistes un peu trop poussés.

Des bavures, comme disaient encore les médias. Mais généralement en parlant de la police.

— Brichot est déjà en route pour passer vous prendre avec une voiture de service, continua Badolini. En roulant bien, vous devriez être à l'hôpital de Dinard en début d'après-midi.

*
* *

L'infirmier rejeta le drap qui recouvrait le cadavre de la fille. Deux fois la même cérémonie en quelques jours, ça commençait à faire beaucoup. Corentin et Brichot hochèrent en même temps la tête, latéralement, dans une expression navrée.

Quel gâchis.

Celle-ci était encore plus jeune et peut-être encore plus belle qu'Alicia Gonçalves. À considérer son corps nu, d'une blancheur de cire, Boris ne put s'empêcher de l'imaginer, quelque temps plus tôt, vivante, souriante, avec, comme on dit, la vie devant elle.

Belle comme elle était, même dans la mort, des dizaines d'hommes, de garçons, avaient dû être à ses pieds. Qu'est-ce que qui avait bien pu la pousser à choisir ce côté obscur du plaisir, celui de la souffrance ? Qu'est-ce qui – ou qui ? – avait bien pu l'entraîner sur cette voie dangereuse, qui avait fini par lui coûter la vie ?

Autant de questions auxquelles il allait falloir trouver des réponses. Et vite.

Le légiste délégué par le SRPJ de Saint-Malo ressemblait, contrairement à celui de Plaisir-en-Yvelines, à un cadre supérieur. La trentaine, cheveux blonds coiffés en arrière, lunettes d'écaille sur le nez, il avait tout de l'expert-comptable ou du directeur de marketing. Tels qu'on se les imagine, en tout cas.

Corentin attaqua par la question rituelle :

— La mort remonte à quand ?

Le légiste retroussa le nez, comme si l'odeur d'éther qui régnait ici agressait son odorat délicat.

— Environ trois jours, dit-il.

Il désigna des marques plus sombres, aux poignets et aux chevilles :

— On a apparemment lesté le cadavre avec quelque chose de lourd, pour ne pas qu'il remonte. Mais les courants sous-marins, ou, plus probablement, des crustacés ont eu raison des liens, ce qui fait qu'elle est remontée à la surface plus tôt que prévu. Plus tôt qu'on ne l'aurait souhaité, en tout cas. Le corps est en bon état. L'eau est très froide, par ici. Ça l'a conservé.

— On nous a parlé de mutilations sadomasochistes ? intervint Brichot.

Le légiste pointa un doigt en direction de l'intimité de la jeune fille. Sur laquelle les deux policiers se penchèrent avec réticence, en ayant l'impression de commettre une sorte de viol posthume.

— Regardez, fit-il. Vous voyez, là, au sommet des petites lèvres… le clitoris.

Brichot se racla la gorge, mal à l'aise :

— Eh bien ?…

— Eh bien, il a été arraché, dit Boris.

Le légiste maîtrisa un imperceptible sourire qui voulait dire quelque chose du genre : « Je vois que Monsieur est un connaisseur. » Il compléta la remarque de Corentin :

— En effet. La forme de la blessure indique qu'on lui a passé un anneau à cet endroit, d'où l'évocation de sévices sadomasochistes dans mon rapport. La cause de la mort a été facile à déterminer. Elle a peut-être été suspendue par cet anneau, la chair s'est déchirée et la victime s'est rapidement vidée de son sang. À cet endroit, convergent une grande quantité de vaisseaux sanguins. Une mutilation pareille, chez une femme, a à peu près le même effet que si on tranchait d'un coup de sabre le sexe d'un homme en pleine érection.

Boris et Aimé firent la grimace et chassèrent très vite cette image pénible de leur esprit.

— Voilà, conclut le légiste, c'est à peu près tout. Vos collègues de l'Identité judiciaire ont relevé les empreintes et pris toutes les photos ce matin. À l'heure qu'il est, ils ont peut-être réussi à identifier cette pauvre fille…

— C'est ce que nous allons vérifier, fit Boris. Merci pour tout, docteur.

Un quart d'heure plus tard, Corentin et Brichot étaient attablés au *Cancaven*, une brasserie PMU accueillante située tout près de la plage de Dinard, qui faisait couscous le samedi. Or, on était justement samedi, et Boris et Aimé raffolaient tous les deux du couscous.

Ils avaient appelé les services de l'Identité judiciaire en demandant qu'on les appelle au *Cancaven*, dès qu'on aurait réussi à identifier le corps de la fille.

Aimé Brichot leur versa à tous les deux une belle rasade de rosé de Provence.

— Alors, fit-il, qu'est-ce que tu penses de tout ça ?

Boris avala une gorgée de rosé avant de répondre :

— Je n'ai pas encore d'idée très précise sur le problème, mais j'ai plutôt tendance à rejeter l'hypothèse du tueur en série. Bien sûr, il y en a qui sont de véritable sadiques et qui font subir tout un cérémonial barbare, de longues séances de torture à leurs victimes, avant de les achever. Mais généralement, ce cérémonial ne varie pas, pour la bonne raison qu'il correspond, chez le tueur, à une sorte d'obsession. Ces types-là sont des maniaques « répétitifs », si j'ose dire. Or, nos deux victimes, même si elles sont toutes les deux passées par des rituels sadomaso, ne sont pas mortes de la même façon. Le décès a été provoqué, chez l'une, par un arrêt cardiaque, chez l'autre, par une hémorragie.

Le patron du restaurant entreprit de déposer devant eux les différents plats qui composaient le couscous maison : trois sortes de viande, semoule, pois chiches, bouillon et harissa.

Il n'y avait plus un centimètre carré de libre sur la table.

— C'est délicieux, le couscous, mais c'est encombrant, déclara sentencieusement Aimé en remplissant de semoule le fond de son assiette creuse. Donc, pour en revenir à ce que tu disais, Boris, si je comprends bien, tu pencherais plutôt pour la théorie du double accident, plutôt que pour celle du tueur en série…

— Accident, accident… c'est vite dit, marmonna Corentin en se livrant à l'exercice délicat consistant à empiler dans son assiette les différents éléments du couscous. Mais ce n'est pas impossible. Après tout, la grande différence entre des meurtres précédés de tortures et notre affaire, c'est que nos deux victimes ont d'abord été consentantes. Jusqu'à quel point, je ne sais pas. Et je ne sais pas non plus si elles étaient conscientes de risquer leur vie dans cette histoire. Mais une chose est sûre : au départ, toute pratique sadomasochiste implique un consentement des deux participants : celui qui subit et celui qui fait subir. D'ailleurs, si ce n'était pas le cas, les deux femmes auraient porté des traces de coups, de sévices quelconques, voire de piqûres calmantes, bref, des moyens utilisés pour les faire tenir tranquilles pendant le… cérémonial.

— Donc, fit Aimé, la bouche pleine, on en revient à la thèse du double accident ?…

Boris allait répondre quand le patron s'approcha de leur table :

— Excusez-moi. Est-ce que vous seriez messieurs Corentin et Brichot, par hasard ?

Les deux intéressés acquiescèrent d'un double signe de tête.

— On vous demande au téléphone.

Corentin fut le premier debout.

— Continue sans moi, Mémé, ne laisse pas refroidir.

Deux minutes plus tard, il était de retour.

— Alors ? fit Brichot.

Corentin remplit leurs deux verres avant de répondre :

— Ça y est. Ils ont identifié la deuxième fille. Il s'agit d'une certaine Julie Desclaux, dix-huit ans, étudiante en lettres, domiciliée chez ses parents à Paris, place des États-Unis, dans le XVIe. Ses parents, justement, ont signalé sa disparition il y a dix jours.

— Donc, fit Aimé, sept jours avant sa mort, si on s'en tient à ce que nous a dit le légiste.

— Exactement. Ce qui veut dire qu'elle n'a pas disparu parce qu'elle est morte, mais qu'elle a commencé par disparaître, et qu'elle est morte ensuite.

La fine moustache blonde de Brichot se releva en un sourire en coin :

— Ça tombe sous le sens.

Boris pointa sa fourchette dans la direction de la veste en laine prince-de-galles de son ami. Un achat récent, effectué, comme d'habitude, chez Marks and Spencer's, le magasin préféré de cet anglophile acharné.

— Peut-être, Mémé. Mais cette constatation est peut-être moins creuse qu'elle n'en a l'air. Tu vois, il y a plusieurs choses qui me chiffonnent, dans toute cette histoire. D'abord, l'opération chirurgicale subie par Alicia Gonçalves. C'est du travail de spécialiste. Et puis, les quatre tubes abandonnés sur le cadavre sont en platine. Il y en a pour une petite fortune. Et on n'a même pas cherché à les récupérer. Ce qui prouve qu'on a affaire à des gens qui ont les moyens.

— Ou qui ont le sens de la provocation, intervint Brichot. Après tout, ces tuyaux peuvent se révéler des indices compromettants...

— Comme tu dis. Ensuite, le fait que Julie Desclaux ait disparu plusieurs jours avant sa mort. C'est comme si on avait pris le temps de la... mettre en condition, de la préparer, en quelque sorte. Donc, « on » dispose de personnel. Peut-être une équipe de rabatteurs... ou d'« éducateurs » d'un genre très spécial...

Corentin avala une rasade de rosé de Provence avant de continuer :

— Non, tu vois, Mémé, plus je retourne les données du problème dans tous les sens, plus je me dis qu'on a affaire à des gens efficaces, structurés... et pour tout dire, puissants. Donc, dangereux.

Brichot dévorait en force son couscous, la tête dans son assiette, mais sans quitter Boris du regard.

— En conclusion, dit-il, tu penses qu'on n'a pas affaire à un tueur isolé.

— Non, Mémé, fit Corentin en rajoutant du bouillon dans sa semoule. Mais c'est presque pire. Je suis de plus en plus persuadé qu'on est en face d'une véritable organisation...

— Non, [illegible] Mémé, plus je retourne les données du problème dans tous les sens, plus je me dis qu'on [illegible] des gens efficaces [illegible] et pour [illegible] puissants. Donc dangereux.

[illegible] devenait [illegible] toujours [illegible] sans [illegible]. Bon, de regard [illegible].

[illegible] inquiétude.

— Voilà, Mémé. [illegible] en [illegible] dans sa [illegible]. Mais c'est presque pire. Je suis de plus en plus persuadé qu'on est en face d'une formidable organisation...

CHAPITRE V

Une odeur douceâtre de peinture en bombe et d'huile de moteur froide flottait, comme dans tous les garages, dans celui de la préfecture de police. Mais il y régnait une fraîcheur que Corentin et Brichot reçurent avec plaisir, en sortant de la canicule aoûtienne.

Jeannot-la-Science, qui les attendait, s'avança vers eux dans son éternelle blouse maculée de toutes sortes de taches indéfinissables, son inévitable mégot de Gitane maïs vissé au coin des lèvres.

Jeannot-la-Science, dont pratiquement personne, à la PJ, ne se rappelait le véritable nom, faisait partie des meubles. Il faisait surtout partie de ceux de son laboratoire, installé quelque part sous les toits de ce légendaire quai des Orfèvres. Sa tête d'oiseau déplumé n'avait plus d'âge. Il avait certainement dépassé celui de la retraite, mais c'était comme si on l'avait oublié là-haut, dans son capharnaüm de dossiers, de machines, d'ustensiles, d'outils et d'appareils informatiques où lui seul arrivait à se retrouver.

La plaisanterie de bureau la plus fréquente, à son sujet, était qu'il avait débuté sous le préfet Louis Lépine, en 1910. C'était un classique, mais qui faisait toujours rire.

N'empêche que Jeannot-la-Science était précieux. Sous son air de vieux volatile endormi, il possédait un cerveau capable de détrôner n'importe quelle IBM et une sagacité rarement prise en défaut.

— Ravi que vous ayez pu venir aussi vite, fit-il en tendant successivement à Boris et Aimé une main décharnée, aux ongles jaunis par la nicotine.

— Merci de nous avoir appelés, dit Corentin. Alors, vous avez tiré quelque chose de cette voiture ?

Du menton, il désigna la Safrane dans laquelle on avait retrouvé les deux premiers cadavres : celui du chauffeur anonyme et celui, dans le coffre, d'Alicia Gonçalves. Ou plutôt, ce qu'il restait de la voiture. Sa carcasse défoncée était surélevée sur une passerelle métallique. En dessous, des mécaniciens continuaient à l'examiner.

— Ma foi, oui, se contenta de répondre Jeannot-la-Science.

Son œil éteint s'alluma fugitivement :

— Vous savez que c'est un vrai petit chef-d'œuvre, dans son genre, cette voiture ?

— Ah bon, fit Brichot. Et pourquoi ?

— Eh bien, comment dire ?... C'est bien simple : tout est faux.

Les yeux d'Aimé s'arrondirent derrière ses lunettes de myope.

— Comment ça ?

— Tout est faux, je vous dis. Ou, pour être plus précis, il n'y a pratiquement pas une pièce de cette voiture qui n'ait pas été trafiquée. Le compteur annonce cent mille kilomètres alors que le moteur en a le double, mais ce moteur, de toute façon, ne correspond pas au compteur. Ni à quoi que ce soit, d'ailleurs : il a été entièrement fabriqué avec des pièces provenant de différents moteurs, prélevés, sans doute, sur tout un tas de véhicules volés.

— Le numéro du moteur a été effacé, je suppose ? demanda Corentin.

Jeannot-la-Science haussa ses épaules maigrelettes :

— Même pas. Ce n'était pas utile, puisqu'il provient d'une pièce « étrangère », si je puis dire. C'est à partir de ce numéro qu'on a fabriqué les papiers du véhicule. Aussi faux que le reste. Et aussi faux, m'a-t-on dit, que ceux de l'homme qui conduisait au moment de l'accident.

— Effectivement, convint Boris.

— Même chose pour la carrosserie, poursuivit Jeannot : elle est faite avec toutes sortes de pièces rapportées. Quant à sa couleur, ce n'est pas celle d'origine.

— Ça, fit Boris, on s'en serait douté…

— Oui, mais là, dit Jeannot, c'est du grand art. En grattant, on a découvert – tenez-vous bien – SIX couches de peinture successives, appliquées les unes sur les autres. Et toutes de couleurs différentes !

Boris fronça les sourcils :

— Je ne vois pas bien l'intérêt…

Jeannot eut un petit sourire qui fit se déplacer son mégot :

— Vous vous souvenez de cette fameuse voiture, que la Mercedes de la malheureuse princesse Diana avait percuté sous le pont de l'Alma et dont on a cru qu'elle avait causé son accident fatal ?

— Évidemment, fit Brichot. On nous a assez rebattu les oreilles avec ça.

— N'empêche, fit Jeannot, piqué au vif, que c'est grâce aux traces de peinture blanche qu'elle avait laissées sur la Mercedes de Diana qu'on a pu savoir qu'il s'agissait d'une Fiat Uno et quelques détails qui auraient dû permettre de la retrouver...

— C'est vrai, dit Aimé, légèrement contrit, j'oubliais que c'était vous qui aviez réussi cet exploit.

— Eh bien, avec cette Safrane, l'exploit dont vous avez la bonté de vous souvenir n'aurait pas été possible. À cause de toutes ces couches de peinture. En cas d'accrochage, il aurait été impossible d'identifier le véhicule grâce aux traces de peinture laissées sur l'autre voiture. Donc, le conducteur pouvait filer, ni vu ni connu.

Corentin laissa échapper un sifflement admiratif :

— Dites-donc, dans le domaine du camouflage, c'est le summum du luxe, cette voiture !

— C'est surtout du travail de professionnel, renchérit Aimé... de grand professionnel.

Il se tourna vers Corentin :

— À ton avis, il y a combien de garagistes, en région parisienne, capables de faire un boulot pareil ?

— Capables de le faire ? fit Boris avec un petit sourire... des centaines. Mais suffisamment malhonnête pour le faire, et suffisamment expert pour le faire aussi bien, je n'en connais qu'un.

*

* *

On était mardi, aux alentours de midi, et l'autoroute de l'Est était pratiquement déserte. Le soleil tapait sur le ruban d'asphalte et aurait transformé la Mégane de service en four à micro-ondes, si elle n'avait été équipée de l'air conditionné.

Un mouvement de générosité de la part des services financiers de la préfecture…

Boris et Aimé quittèrent l'autoroute à Bry-sur-Marne et passèrent devant l'immense magasin IKEA, dont les parois de tôle devaient être brûlantes, vu la température. Tout de suite après, c'était une sorte de *no man's land*. Planté au bord de ce désert, il y avait un bistrot dont on se demandait qui pouvait bien le fréquenter. Par une sorte d'ironie tragique, il s'appelait le *Bar des Amis*. Derrière, quelques pavillons lézardés s'alignaient le long d'un champ en friche, d'où surgissaient, de loin en loin, une épave de voiture qui achevait de pourrir.

Boris, qui conduisait, quitta la bretelle d'autoroute et contourna le bistrot. La route fit place à un chemin presque entièrement constitué d'ornières et de bosses.

— C'est quand même incroyable, fit Brichot, un endroit pareil à quinze kilomètres à peine de Paris !

— Eh oui, acquiesça Corentin. C'est comme une survivance d'avant-guerre. Un coin que le progrès et l'urbanisation auraient oublié. Dans le fond, ça a quelque chose de poétique, tu ne trouves pas ?

— Si on veut, fit Aimé avec une moue indiquant clairement qu'il n'était pas convaincu.

Ils dépassèrent le dernier pavillon. Une centaine de mètres plus loin se dressait, isolée de tout, une vaste baraque carrée qui semblait entièrement construite en tôle ondulée. Devant, débordant sur le champ, s'entassaient des monticules de pièces de métal, des morceaux de carrosseries, des piles de pneus...

— Je suppose que c'est là ? fit Brichot.

— Tu supposes bien, dit Boris. Maintenant, il ne nous reste plus qu'à espérer que mon vieil ami Gégé est dans sa tanière.

Sur l'avant, côté champ, le hangar n'avait pas de porte.

Ils entrèrent et retrouvèrent l'odeur caractéristique de tous les garages du monde. Avec l'inévitable décor d'outils et d'étagères sales recouvrant les parois murales, de vieilles pompes à essence, de gonfleurs, de pneus éparpillés et, au centre, la traditionnelle plate-forme hydraulique qui pouvait à la fois s'élever et tourner, en fonction des besoins.

Tout au fond, à gauche, il y avait une petite cabine aux vitres sales, derrière lesquelles on apercevait un bureau métallique avec un téléphone. Les murs étaient recouverts de calendriers publicitaires d'huiles de moteur, et de quelques créatures très déshabillées, tout droit sorties des pages centrales de magazines « de charme ».

Le genre d'endroit dont peut rêver un décorateur de cinéma à court d'inspiration. Il n'y avait plus qu'à poser la caméra et crier « moteur ! »

— Il est là ! fit Corentin à voix basse.

Derrière la vitre de son cagibi, Gérard Bourgoin, dit Gégé pour les amis et les flics, chez qui il avait un dossier épais comme un dictionnaire, était debout devant son petit bureau. Il leur tournait le dos et semblait immobile. Mais Corentin et Brichot remarquèrent vite qu'un de ses bras était agité de mouvements saccadés, de plus en plus rapides…

— Qu'est-ce qu'il fabrique ? demanda Brichot.

— Essaie d'avoir un peu d'imagination, Mémé, fit Boris avec ironie. Souviens-toi de ton adolescence, quand tu as découvert ton premier numéro de *Playboy*.

— Non ! fit Aimé. C'est pas vrai ! Je rêve !

— Et alors, fit Boris, fataliste, il faut bien s'occuper, pendant les heures creuses…

Du coin de l'œil, il observa son coéquipier, ce qui lui permit de le voir rougir à sa manière inimitable : le nez d'abord, les pommettes ensuite, les oreilles enfin.

— Ne bouge pas et ne dis rien, fit Corentin, un doigt sur la bouche. Ce serait trop cruel de l'interrompre maintenant.

Ils n'eurent pas longtemps à attendre. À peine une minute plus tard, le dos de Gégé était agité d'une sorte de spasme et, malgré la vitre, ils l'entendirent distinctement pousser une série de grognements sourds.

Boris s'avança et frappa à la vitre.

L'autre fit un bond et se retourna, ce qui permit aux deux policiers de constater qu'il tenait encore en main une virilité d'une taille honorable. Qu'il s'empressa de ranger dans sa salopette couverte de cambouis.

Corentin ouvrit la porte avec un sourire cordial.

— Salut, Gégé, lança-t-il, toujours en plein boulot, à ce que je vois. Excuse-moi si je ne te serre pas la main, mais vu ce que tu viens de faire, je préfère m'abstenir.

Bourgoin devint rouge. Non pas de honte, mais de fureur.

— Qui est-ce qui vous a permis de…

— Calme-toi, Gégé, fit Corentin. On a été sympas : on t'a laissé finir. Alors tu vas bien prendre cinq minutes pour nous écouter.

Le garagiste, qui connaissait Boris et savait qui il était, se calma, sachant qu'il n'aurait pas le dessus. Il referma précipitamment le magazine, où une demoiselle peu farouche s'ouvrait à deux mains, face à l'objectif, pour la plus grande satisfaction du lecteur, et le fourra dans un tiroir de son bureau. Puis il se laissa tomber sur l'unique chaise que comportait la pièce et toisa Boris et Aimé, retrouvant peu à peu sa morgue habituelle.

— Excusez-moi si je ne vous invite pas à vous asseoir, fit-il, mais comme vous voyez, y'a rien de prévu pour.

Gérard Bourgoin, un brun costaud d'une quarantaine d'années, aurait pu être beau garçon, si son visage n'avait pas été empreint d'une certaine mollesse, qui s'accentuait autour de la bouche, trahissant sa veulerie.

Corentin savait qu'il vivait seul, dans une cabane attenante au garage, mais dormant la plupart du temps dans son cagibi, sur un matelas crasseux qu'il déroulait à cet effet.

Il aimait les femmes, mais de préférence en photo. Les filles des magazines, au moins, ne lui demandaient jamais rien et ne lui compliquaient pas la vie. Et puis, elles étaient l'illustration (c'était le cas de le dire) parfaites de la fameuse blague du prestidigita-

teur : « Je vais te montrer un tour de magie : je te baise et tu disparais. »

La seule vraie passion de Gérard Bourgoin, c'était la mécanique. Dans ce domaine, il était l'un des meilleurs. Un champion, même. Ses talents hors du commun auraient pu faire de lui le mécano vedette d'une écurie de Formule 1, mais son caractère l'avait toujours entraîné vers la facilité. Et la facilité, c'est bien connu, mène souvent à la délinquance. Gégé avait commencé par maquiller des voitures volées, faire des travaux de peinture, effacer des numéros de moteur, changer des plaques d'immatriculation... Et puis, il était passé au vol lui-même, avant de se lancer – couronnement de sa carrière – dans la fabrication de véhicules « intraçables » qui servaient à des attaques de banques ou à des transports de drogues.

Dans le Milieu, sa réputation n'était plus à faire.

Au quai des Orfèvres, non plus.

— Alors, Gégé, fit Boris en s'asseyant négligemment sur l'angle du bureau métallique, tu as du boulot, en ce moment ?

— Bof, fit Bourgoin en haussant les épaules, c'est plutôt calme. Mais enfin, ça roule, faut pas se plaindre.

— Tant mieux, tant mieux, dit Corentin. Remarque, le lieutenant Brichot, ici présent, et moi-même, on n'était pas venus pour te plaindre, mais plutôt pour te demander un petit renseignement.

Bourgoin se renfrogna :

— Vous devriez savoir que c'est pas le genre de la maison.

— Je sais, poursuivit Boris sans se départir de son

calme. C'est une maison de confiance, ici, c'est bien connu.

Il planta soudain son regard noir dans les yeux de Bourgoin et ajouta d'une voix glaciale :

— Malheureusement pour toi, cette fois, c'est du sérieux. Il s'agit d'un meurtre.

— Deux, intervint Brichot, tu oublies le chauffeur.

— Très juste : Deux meurtres.

Le visage de petite frappe de Gégé se ramollit encore plus.

— Quoi ? Mais j'ai rien à voir avec ça, moi !

Sa panique s'entendait dans sa voix. Boris et Aimé échangèrent un regard rapide.

Bourgoin était un faux dur. En jouant bien le coup, ils ne devraient pas mettre longtemps à en venir à bout.

— Rien à voir, tu dis ? poursuivit Corentin en continuant de le fixer d'un air menaçant. C'est pourtant bien toi qui as fabriqué la voiture dans laquelle deux personnes sont mortes. Dont une petite cousine du roi d'Espagne ! Ce qui n'arrange pas ton cas. Moi, j'appelle ça de la complicité de meurtre.

Il se tourna vers Brichot, faisant mine de le consulter :

— Ça va chercher dans les combien, ça, Mémé ?

Brichot prit un air détaché et lâcha, la bouche en cœur :

— Oh... à vue de nez, dix ans.

Boris avait volontairement exagéré en parlant de complicité de meurtre. Même si la voiture sortait effectivement de chez Bourgoin, aucun jury n'aurait retenu cette accusation contre lui.

Mais il y avait des moments où, pour parvenir à ses fins, on pouvait se permettre quelques petits écarts avec la déontologie policière... À condition de rester dans les limites du raisonnable.

Corentin avait voulu faire peur au garagiste. Et à voir la mine défaite de celui-ci, il y était parvenu.

— Une Safrane, ça te dit quelque chose ? poursuivit-il. En sortant de chez toi, elle était bleu marine.

Gégé secoua la tête avec l'énergie du désespoir :

— Connais pas... Jamais entendu parler.

Boris soupira profondément, histoire de bien faire comprendre que sa patience – pourtant proverbiale – n'était pas loin d'atteindre ses limites.

— Écoute-moi bien, Gégé, fit-il d'une voix sourde. J'ai besoin de savoir qui t'a commandé ce travail d'artiste... Absolument besoin. Si tu continues à ne pas vouloir coopérer, je vais revenir avec des amis et on va casser ta baraque en petits morceaux. Ensuite, on fera courir le bruit dans tout Paris que tu es notre indic préféré. Après ça, même si tu échappes à la taule, tu n'échapperas pas longtemps à tes amis... Alors... qu'est-ce que tu en dis ?

— Que vous êtes deux ordures, murmura le garagiste au bord des larmes.

Brichot fit semblant de s'offusquer :

— Qu'est-ce que j'entends ? Insulte à représentants de l'ordre dans l'exercice de leurs fonctions ?

Corentin leva une main théâtrale :

— Laisse, Mémé, soyons magnanimes. Les mots de notre ami ont sûrement dépassé sa pensée.

Il se pencha vers Bourgoin et le fixa méchamment :

— Alors ?...

Comprenant qu'il était coincé, le garagiste laissa échapper un soupir interminable. Puis, après avoir adressé à Corentin un regard lourd de sentiments peu cordiaux, il se pencha vers le tiroir du bas de son bureau, l'ouvrit et en tira une feuille de papier sale. Elle était couverte d'une liste de noms, accompagnés chacun d'une adresse et d'un numéro de téléphone.

Il la posa sur la table.

— Voilà, fit-il, c'est la liste de tous les clients pour qui j'ai fait des travaux du genre de celui dont vous parlez. Je garde ça pour assurer mes arrières. Au cas où…

— Au cas où l'un d'eux refuserait de te casquer, c'est bien ça ? fit Corentin.

— On ne peut rien vous cacher, décidément…

Une lueur apeurée passa dans son regard quand il ajouta :

— Mais ça reste entre nous, hein ? Sinon, je suis mort.

Boris lui administra une claque rassurante sur l'épaule :

— T'en fais pas, on est la discrétion même. Au fait, la Safrane bleue, c'est lequel ?

Avec un autre soupir, Gérard Bourgoin appuya son index plein de cambouis sur un nom.

Boris et Aimé se regardèrent.

Le nom en question était celui de Vladimir Lipovitch, le chauffeur qui s'était tué au volant de la Safrane.

Et dont ils savaient tous les deux que son identité était aussi fausse que ses papiers.

Ne voulant pas montrer leur déception au garagiste, ils le remercièrent poliment et s'en allèrent. Ce ne fut qu'une fois dans la voiture qu'Aimé lâcha, sous sa moustache :

— On l'a dans l'os !

CHAPITRE VI

En poussant la porte capitonnée du bureau de Charlie Badolini, Boris et Aimé se demandèrent s'ils ne rêvaient pas. La fille qui était installée dans l'un des deux fauteuils à accoudoirs tête de lion, en face du bureau directorial, était d'une beauté à couper le souffle. Du moins, c'est ce qu'ils crurent constater, à travers l'épais brouillard tabagique qui, comme d'habitude, emplissait la pièce.

Mais quand ils s'approchèrent, leur impression se confirma.

Elle pouvait avoir vingt-cinq ans et son épaisse chevelure blonde retombait voluptueusement sur ses épaules, vêtues d'un élégant tailleur Chanel rose pâle. En dessous, elle portait un chemisier de soie dont on devinait, sans être spécialisé dans le prêt-à-porter de luxe, qu'il venait de chez le même faiseur. Mais c'était surtout ce qu'il y avait sous le chemisier – et sous un double rang de perles – qui attirait le regard : une poitrine orgueilleuse et ferme, dont les rondeurs fabuleuses maintenaient ouverts les pans de la veste du tailleur. Une poitrine dont on devinait, sous la soie du chemisier, les pointes dardées à l'horizontale, comme si elles allaient transpercer le tissu d'une seconde à l'autre.

La jupe du tailleur, contrairement aux préceptes de la regrettée Coco Chanel, s'arrêtait nettement au-dessus du genou, ce qui permettait une vue imprenable sur une paire de jambes interminables, fines et fuselées à la fois, gainées d'un délicat collant couleur chair.

Des jambes de top-model.

Quant au visage de la jeune femme, il n'aurait pas, lui non plus, déparé la couverture de *Vogue* : d'un ovale légèrement étiré vers le haut, il était traversé d'un petit nez parfaitement droit, au-dessous duquel une bouche aux lèvres sensuelles, délicatement maquillée, affichait un demi-sourire. Les yeux étaient verts, en amande, et projetaient des lueurs à la fois curieuses et intelligentes.

Boris et Aimé mirent quelques secondes à reprendre leur souffle.

Derrière son bureau Empire, tout droit sorti des réserves du Mobilier national, Charlie Badolini eut une mimique amusée devant l'air estomaqué de ses deux inspecteurs préférés. Sa Job spéciale dans une main, il désigna de l'autre sa visiteuse.

— Messieurs, fit-il, permettez-moi de vous présenter une nouvelle recrue dont quelque chose me dit que vous l'accepterez avec plaisir. Mélanie de Saint-Flour. Contrairement à ce que son nom semble indiquer, elle n'est pas auvergnate, mais parisienne. Très parisienne, même. Elle a été élevée dans le beau monde et celui-ci n'a pas de secret pour elle. J'ai pensé qu'étant donné la nature de votre enquête actuelle, ses services pourraient vous être de quelque utilité. Mademoiselle, permettez-moi de vous présenter le commandant Corentin et le capitaine Brichot, mon tandem d'élite.

— Ravie de faire votre connaissance, fit la jeune femme en tendant une main fine à Boris et Aimé. Monsieur Badolini m'a parlé de vous en termes élogieux.

— Nous sommes tout aussi ravis, Mademoiselle, croyez-le bien, fit Corentin le plus sincèrement du monde.

Il se tourna vers Badolini :

— Vous avez parlé de « nouvelle recrue », patron. Ne me dites pas que Mademoiselle est une collègue ?

— Mais si, mon cher Boris, fit Badolini, qui s'amusait comme un petit fou. Fraîchement sortie de l'École de police de Lyon. Et dans les premières de sa promotion, encore !

— Toutes nos félicitations, Mademoiselle, fit Brichot en s'inclinant cérémonieusement.

— Merci beaucoup, Capitaine.

Elle avait une voix douce, à peine voilée, où perçait, sous l'éducation parfaite, une sorte d'autorité naturelle. Une voix aussi irrésistible que le reste de sa personne. Du coin de l'œil, Boris vit Aimé commencer à rougir. Heureusement pour lui, dans le brouillard, ça se voyait moins.

— En tout cas, fit Corentin, les auxiliaires de police sont de plus en plus belles, de nos jours.

Au lieu de rayonner sous ce que Boris avait voulu être un compliment, la jeune femme en tailleur Chanel se renfrogna. Ce fut avec d'une voix glaciale qu'elle déclara :

— Commandant Corentin, puis-je vous rappeler que je ne suis pas auxiliaire de police, comme vous dites, mais inspecteur stagiaire ? Ou plutôt, lieutenant de police. C'est-à-dire, en principe, destinée au même grade que vous. Autrement dit, et pour parler un langage que vous comprenez, je suis flic... pas contractuelle.

Boris hésita un instant à lui balancer à son tour quelque chose de bien senti, sur le thème des jeunes qui sortent des écoles en croyant tout savoir et qui ne savent rien... Et puis, finalement, il y renonça. Elle était intelligente – sa réaction le prouvait assez – et comprendrait sans doute toute seule, assez rapidement, que dans leur métier, aucune école ne remplaçait l'expérience acquise « sur le terrain ».

Il choisit de ne pas envenimer les choses et de se montrer beau joueur.

— Excusez-moi, dit-il en s'inclinant légèrement vers elle et en lui adressant un sourire carnassier. Je reconnais mes torts. Mais j'ai simplement voulu vous faire un compliment.

— Vous êtes tout excusé, Commandant, fit Mélanie de Saint-Flour en souriant à nouveau.

Son sourire accentua encore un peu plus l'amande de son regard émeraude et découvrit, entre ses lèvres somptueuses, des dents d'une blancheur éclatante.

Et dans ce sourire qu'elle lui adressait, Boris eut la sensation très nette que non seulement elle lui pardonnait sa maladresse, mais que, le cas échéant et si l'occasion se présentait, elle serait prête à aller beaucoup plus loin dans... l'indulgence.

Charlie Badolini reprit la direction des opérations.

— Bien... Mademoiselle et Messieurs, maintenant que les pendules sont remises à l'heure, nous allons peut-être pouvoir passer à des choses plus sérieuses. Et, malheureusement, beaucoup moins gaies.

Pendant que Boris et Aimé s'asseyaient à leur tour, il sortit d'un tiroir de son bureau une petite pile de dossiers cartonnés, qu'il posa devant lui. Il prit le temps d'allumer une autre Job spéciale au mégot de la précédente, avant d'attaquer :

— Avant votre arrivée, dit-il à Boris et Aimé, j'ai mis Melle de Saint-Flour au courant des événements précédents. Ce qui va nous permettre de passer directement à la suite. Les deux premiers meurtres – ou accidents, on ne sait pas encore – m'ont donné une petite idée : celle de consulter le Service des Personnes disparues. Or, figurez-vous qu'au cours des derniers mois et des dernières semaines, on a signalé plusieurs disparitions de jeunes femmes...

Badolini tapota de l'index la pile de dossiers posée sur son sous-main en cuir de Cordoue, et continua :

— Mais le plus intéressant, c'est que les jeunes femmes en question ont deux choses en commun. D'abord, elles ont toutes entre dix-huit et vingt-cinq ans, ensuite, elles viennent toutes de familles bourgeoises, plutôt aisées, habitant les beaux quartiers. Le Champ-de-Mars, Passy, La Muette, Versailles...

— Et la dernière, ajouta Corentin, celle dont on a retrouvé le cadavre sur la plage de Dinard, habitait place des États-Unis, dans le XVIe.

— Entre parenthèses, fit Brichot, si elle est morte à Paris, on n'a pas hésité à voyager pour faire disparaître son corps. Quatre cents kilomètres avec un cadavre dans le coffre !... Tu parles d'une balade !

— Oui, reprit Boris. Et malheureusement, cette fois, il n'y a pas eu d'accident pour nous permettre d'identifier la voiture.

Mélanie de Saint-Flour intervint :

— Non, dit-elle, mais il y a ce dont vous venez de parler, monsieur Badolini : le fait que les jeunes filles signalées disparues, comme celles qui sont mortes, étaient toutes de familles bourgeoises, aisées, habitant les beaux quartiers.

Elle se rendit compte que les trois hommes ne la quittaient pas des yeux, et son assurance s'en trouva encore confortée.

— Il se trouve, comme vous l'avez souligné, monsieur Badolini, que je viens moi-même de ce milieu que l'on qualifie volontiers de « bourge », ou de « friqué ». Non sans raison, d'ailleurs. Même s'il a des exceptions. Ma famille, par exemple, a toujours été très modeste financièrement. Et même fauchée, disons-le. Mais elle a toujours tenu à sauvegarder les apparences.

« Finalement, pensa Corentin, son tailleur Chanel est peut-être un faux… »

Badolini se racla la gorge :

— Où voulez-vous en venir, Mademoiselle ?

— À ceci, dit Mélanie de Saint-Flour en bombant légèrement le torse, ce qui fit saillir sa poitrine voluptueuse : les gens de ce milieu ont tendance à se fréquenter entre eux. Les fameux rallyes, où les mères recevaient « pour leur fille », comme disait le carton d'invitation, existent toujours. L'idée, bien sûr, étant de leur trouver un fiancé du même milieu… Personnellement, j'en ai pas mal fréquentés, avant de me détacher un peu de tout ça. Et puis, on allait dans les mêmes lycées… Tout ça pour dire que, si vous voulez bien nous donner les noms des filles disparues, monsieur Badolini, il n'est pas impossible qu'une ou deux d'entre elles fassent parties de mes amies, ou anciennes amies...

Badolini, qui, de toute façon, s'apprêtait à le faire, commença à lire à voix hautes les noms figurant sur les couvertures cartonnées. La troisième fille était une certaine Anne-Marie Morhange.

— Je la connais ! s'exclama Mélanie de Saint-Flour.

— Formidable, fit Corentin, histoire de l'encourager. Parlez-nous donc un peu d'elle.

La jeune lieutenant de police tritura un instant les deux rangs de perles reposant sur son chemisier et les trois hommes ne purent s'empêcher d'être hypnotisés par le mouvement de ses doigts, effleurant sa poitrine. Ce que, toute à sa concentration, elle ne sembla pas remarquer.

« Heureusement, pensa Corentin, sans ça, on avait droit à un nouveau numéro de dignité offensée... »

— Eh bien, commença Mélanie de Saint-Flour, les yeux mi-clos, Anne-Marie et moi, nous nous sommes connus en seconde, à Saint-Jean-de-Passy. Nous avions seize ans toutes les deux et je me souviens qu'elle avait déjà un petit ami...

Avec un petit coup d'œil de côté à Boris, elle ajouta :

— Elle était un peu en avance sur moi, de ce côté-là.

Corentin lui retourna un petit sourire qui signifiait clairement : « Je suis sûr que vous vous êtes largement rattrapée depuis. »

La stagiaire ne releva pas et continua :

— Depuis mon départ pour l'École de police de Lyon, nous nous sommes un peu perdues de vue, mais avant, nous nous sommes pas mal fréquentées. Ce que je peux vous dire, c'est qu'Anne-Marie Morhange avait une vie sexuelle relativement... agitée.

— Qu'entendez-vous exactement par agitée ? s'aventura Brichot.

Le visage parfaitement lisse de Mélanie de Saint-Flour se rida imperceptiblement, sous l'effet de la concentration.

— Eh bien... elle ne me disait pas tout, mais... C'était curieux, cette façon qu'elle avait de changer sans arrêt de petit ami. Comme c'était une très jolie fille et que tous les garçons lui couraient après, il faut dire qu'elle n'était jamais en peine d'en trouver un autre. Mais quand même... En tout cas, c'était toujours elle qui les quittait. Jamais le contraire. Et souvent, c'étaient des garçons très bien, à qui je ne voyais pas ce qu'elle pouvait reprocher. Quand je lui posais la question, elle ne me donnait jamais de détails, mais elle me répondait invariablement qu'elle les trouvait « faibles », « mous », ou qu'ils n'avaient, selon elle, « pas assez de caractère »...

Les trois hommes se regardèrent.

— Je crois que nous pensons tous la même chose, finit par dire Badolini, à savoir que nous ne serions pas étonnés que votre amie Anne-Marie Morhange ait eu des penchants sadomasochistes. Autrement dit, qu'elle ait eu besoin d'être... « dominée », comme disent les gens qui pratiquent ce genre de choses.

La stagiaire eut une moue évasive :

— J'avoue que ça ne m'étonnerait pas non plus, fit-elle.

Corentin tira de son blouson de toile son paquet de

Gitanes légères et, galant, le tendit à la jeune femme, qui refusa d'un geste.

— Tout ça, fit-il après avoir allumé une cigarette, ne peut que me conforter dans la quasi-certitude que les filles sont plus ou moins consentantes, au départ. Leurs penchants naturels pour cette forme de sexualité les pousse à tomber dans le piège.

— De quel piège parlez-vous, exactement ? demanda Badolini en écrasant sa Job spéciale dans l'énorme cendrier en onyx qui trônait sur son bureau.

— Eh bien, patron, je suis de plus en plus persuadé qu'il y a, derrière toutes ces affaires, non pas un tueur en série ou un maniaque isolé, mais une sorte... d'organisation. Probablement réduite, d'ailleurs. J'imagine volontiers une seule personne, au centre de tout, avec autour d'elle un réseau de gens dont la fonction essentielle serait de lui amener de nouvelles victimes.

— Et le cas échéant, ajouta Brichot, d'achever de convaincre certaines filles de pousser plus loin l'expérience sadomaso... Parce que j'imagine que, dans le tas, il y a les pures et dures, et... les tièdes, si je puis dire. Celles qui ont besoin d'être « chauffées ».

Charlie Badolini expulsa un nuage de fumée bleutée derrière lequel il disparut momentanément.

— Bref, fit-il, si je vous suis bien, nous aurions affaire à une sorte de réseau SM en marge de ceux que nous connaissons. Un réseau au sein duquel on pousserait les choses beaucoup plus loin... et même jusqu'à la mort.

— Je crois en effet qu'on peut voir les choses comme ça, patron, fit Boris. Cela dit, je ne suis pas certain que la mort des victimes soit forcément le but de l'opération. Seulement, en poussant les sévices physiques jusqu'à l'extrême, on la frôle forcément de temps en temps. D'où les accidents qui ont coûté la vie à Alicia Gonçalves et à Julie Desclaux...

— Vous croyez vraiment qu'il s'agit d'accidents ? demanda Badolini.

Corentin haussa les épaules :

— D'après les conclusions des légistes, ça en a tout l'air.

— En tout cas, fit Aimé Brichot, une chose me paraît certaine : toutes les autres filles disparues, si elles tombent entre les mains de ce réseau, sont en danger de mort.

Il y eut un silence pesant, au cours duquel chacun des trois hommes sut que les deux autres pensaient la même chose : s'il y avait d'autre cadavres, les médias allaient s'emparer de l'affaire et ce serait la panique générale.

Quant à Charlie Badolini, il se ferait remonter les bretelles par le directeur de la P.J. Ce qui, comme toujours en pareil cas, retomberait inévitablement sur Corentin et Brichot.

— Bien, fit le chef de la Mondaine en tapotant du bout de l'index sa pile de dossiers cartonnés, je crois qu'il est temps que vous m'examiniez cas par cas ces disparitions. Vous ne serez pas trop de trois. On peut même demander à Rabert et Tardet [1] de s'y mettre, si vous voulez.

— Bonne idée, patron, fit Corentin. D'autant plus

1. L'autre équipe de choc des Affaires Recommandées.

que j'ai même un petit boulot supplémentaire à leur confier : essayer d'en savoir plus sur un certain Vladimir Lipovitch, le chauffeur de la voiture accidentée dans laquelle on a retrouvé le premier cadavre. Quelque chose me dit que cette piste-là pourrait nous mener assez loin.

CHAPITRE VII

L'hôtesse d'accueil, une petite brune enveloppée avec des cheveux gras et des lunettes aux verres épais comme des culs-de-bouteille, eut un expression horrifiée.

— Quoi ! fit-elle. Mais vous plaisantez, j'espère ? Où vous croyez-vous ? Laissez-moi vous dire que ce genre de choses, ce n'est pas du tout le genre de l'établissement !

— Eh bien, je vous remercie infiniment de nous l'apprendre, Mademoiselle, fit Boris en lui adressant son sourire le plus cordial. Vous ne sauriez pas, par hasard, où nous pourrions nous adresser ?

— Certainement pas ! À ma connaissance, aucun établissement digne de ce nom ne pratique ce genre de… d'intervention. Au revoir, messieurs-dames.

— Au revoir, Mademoiselle, et merci.

En se retrouvant sur les marches de la clinique Saint-Isidore, avenue Ledru-Rollin, à Paris, Corentin et Mélanie de Saint-Flour échangèrent un regard empreint de lassitude.

Ils avaient commencé dès l'aube à faire le tour de toutes les cliniques privées de la capitale. La clinique Saint-Isidore était au moins la vingtième à laquelle ils rendaient visite.

À chaque fois, ils se présentaient comme un couple désireux de subir des interventions chirurgicales d'un genre un peu particulier. Il s'agissait, pour elle, de se faire implanter des tuyaux de platine dans les poignets et les chevilles, afin de pouvoir se faire suspendre à volonté ; pour lui, de se faire insérer un anneau d'acier à travers toute l'épaisseur du gland. Pour des raisons sur lesquelles Boris préférait ne pas s'étendre.

Et pour la vingtième fois au moins, ils avaient eu droit au même sursaut indigné de la part de l'hôtesse d'accueil.

Évidemment, ils s'étaient attendus à ce genre de réaction. Mais en se disant que si, une seule fois, l'hôtesse ne paraissait pas indignée ou surprise, cela suffirait à leur faire savoir que l'établissement en question ne rechignait pas, éventuellement, à ce genre de pratiques. D'ailleurs, parfaitement légales, puisqu'elles pouvaient être assimilées à une forme de chirurgie esthétique. Dans l'esprit de ceux et celles qui subissaient volontairement ce genre d'opérations, en tout cas.

— On dirait que votre méthode ne donne pas grand-chose, soupira Mélanie de Saint-Flour.

Boris lui jeta un regard en coin, s'attendant à voir dans son œil une lueur ironique. Mais ce n'était pas le cas, apparemment. Simplement, la jeune inspectrice stagiaire, comme tous ceux et celles qui viennent de sortir de l'École de police, avait rêvé de se trouver tout de suite dans le feu de l'action. Alors, bien sûr, les interminables enquêtes de routine, avec leur côté répétifif, avaient tendance à la démoraliser. Surtout quand, comme c'était le cas aujourd'hui, elles ne donnaient rien.

— C'est vrai, admit Corentin. Mais on ne peut pas gagner à tous les coups. Et il arrive souvent qu'on se fatigue pour rien. Vous aurez au moins appris ça, pendant votre première journée.

Avec une Mégane de service, il était passé à sept heures du matin prendre sa jeune collègue chez elle, avenue Bugeaud, dans le XVIe. Ou plutôt, chez ses parents, où Mélanie de Saint-Flour s'était réinstallée en rentrant de Lyon. En attendant d'avoir un salaire qui lui permette de prendre son propre appartement.

Corentin avait eu l'idée, puisqu'elle était là et qu'ils étaient censés travailler ensemble, de les faire passer, elle et lui, pour un couple amateur de SM. On ne savait jamais. Ça pourrait peut-être leur ouvrir certaines portes, tout en leur permettant de ne pas dévoiler leur qualité de flics. Dans les milieux SM, on était du genre méfiant et Boris s'était dit qu'ils obtiendraient peut-être davantage de résultats en avançant masqués.

Malheureusement, au bout d'une longue journée d'enquête plutôt épuisante, et après des centaines de kilomètres parcourus dans les rues de la capitale, ils en étaient toujours au point mort.

— Enfin, soupira Boris, espérons que Brichot et Tardet auront obtenu de meilleurs résultats…

Aimé Brichot, lui, s'était pour une fois associé avec Tardet. Ils s'étaient proposés d'enquêter dans les milieux SM parisiens. Mais selon les bonnes vieilles méthodes traditionnelles. C'est-à-dire en explorant les « bars cuir » et le boîtes spécialisées, en interrogeant tout ce qui se présentait et… en « secouant leurs indics par les couilles », selon une expression que Tardet avait entendue dans un film et qu'il reprenait volontiers à son compte.

Le gros Rabert, lui, le perpétuel affamé qui semblait ne jamais s'arrêter de manger, avait été chargé par Boris de creuser le dossier Vladimir Lipovitch. Un travail difficile et ingrat, puisque l'identité du soi-disant Lipovitch étant aussi fausse que ses papiers, le dossier en question se réduisait quasiment à son nom. Mais Boris avait confiance en lui. Sous ses airs balourds, Rabert était un chien de chasse d'élite et quand on lui donnait une piste à ronger, c'était comme avec ses sandwichs : il mordait dedans jusqu'à en venir à bout.

Corentin regarda sa montre. Elle indiquait vingt heures trente. Il commençait à se faire tard pour se présenter dans les cliniques. À l'exception du service des urgences, dont leur cas ne relevait pas vraiment.

Il se tourna vers Mélanie de Saint-Flour, toujours aussi ravissante, bien qu'elle ait changé de tenue depuis la veille. Elle portait aujourd'hui un pantalon de toile blanc, des tennis blanches et un blouson en daim ouvert sur un simple tee-shirt. Si le pantalon avait l'inconvénient de masquer ses jambes, le tee-shirt avait l'avantage de mouler sa poitrine encore plus étroitement que son chemisier de la veille.

— Est-ce que je peux me permettre de vous inviter à dîner ? demanda Boris... en collègues.

La jeune femme lui jeta un regard soupçonneux, puis, devant le sourire de Corentin, se radoucit.

— Avec plaisir, répondit-elle, mais c'est moi qui choisit le restaurant.

Dix minutes plus tard, ils étaient attablés au *Salad*

Bar, un établissement du boulevard Beaumarchais dont la spécialité était la nourriture diététique et – comme son nom l'indiquait – les salades composées en tout genre. Boris s'efforça de paraître ravi de l'initiative. En réalité, il aurait volontiers consommé des choses plus consistantes. Mais il n'allait pas encore se mettre sa jeune collègue à dos en faisant des réflexions inopportunes.

D'autant que, plus il la regardait, et plus il se mettait à avoir des idées bien précises sur la manière dont il aimerait que la soirée se termine.

Dans son petit studio de la rue de Turbigo, par exemple.

Mais ça n'était pas gagné d'avance. Mélanie de Saint-Flour avait certes l'air bien disposée à son égard, mais elle venait d'un milieu où les jeunes femmes bien élevées n'avaient pas l'habitude de « coucher » le premier soir. Même quand elles trouvaient le partenaire à leur goût.

Une serveuse déposa devant eux deux gigantesques salades où, entre les feuilles de verdure, on devinait pêle-mêle du jambon, des œufs durs, des petits lardons et d'autres ingrédients moins facilement identifiables.

Boris avait – presque timidement – suggéré une bouteille de rosé de Provence, pour accompagner le repas. En s'attendant à ce que Mélanie lui réponde qu'elle ne buvait que de la Badoit. Mais à sa grande surprise – et à son grand soulagement – elle avait accepté avec enthousiasme.

Il les servit tous les deux et posa la question qui le travaillait depuis un moment :

— Qu'est-ce que vous pensez de toutes ces histoires de sadomasochisme ? Ça vous effraie ?

Elle eut un sourire lumineux :

— Pourquoi me demandez-vous ça, Commandant ? Vous avez envie de tenter l'expérience avec moi ?

Corentin protesta énergiquement :

— Mais pas du tout ! Je vous assure que je n'avais aucune arrière-pensée de ce genre ! D'ailleurs, si je peux me permettre de vous faire une confidence, ce genre de truc n'est pas du tout ma tasse de thé.

La jeune stagiaire braqua sur lui un regard étrange, mi-dubitatif, mi-amusé.

— Et vous n'avez jamais eu envie d'essayer ? dit-elle.

La mâchoire de Corentin se décrocha sous l'effet de la stupeur.

— Absolument jamais ! fit-il. Je suis quelqu'un de tout à fait… « normal », dans ce domaine. Je dis « normal » entre guillemets, parce que je reconnais volontiers aux autres le droit de s'amuser comme ils l'entendent. Mais personnellement, très peu pour moi.

Le sourire de le jeune femme s'accentua :

— Eh bien moi, Commandant, et ça va peut-être vous étonner, de la part d'une jeune fille bon chic-bon genre comme moi, mais je n'ai rien contre le fait de jouer à ça de temps en temps. Oh, à condition que ça reste assez « soft », bien sûr. Mais j'insiste bien : de temps à autre seulement. Le reste du temps, je suis comme vous : « normale » entre guillemets.

Elle le fixa soudain plus intensément et son regard vert lança des lueurs animales.

— D'ailleurs, fit-elle, je serais assez disposée à vous

le prouver ce soir-même. Cette journée a été harassante et dure, nerveusement. J'ai besoin de me détendre, sinon, j'aurai du mal à m'endormir.

Elle posa sa main sur celle de Corentin et ajouta :

— Qu'est-ce que vous diriez de m'aider à me détendre, Commandant ?

Boris mit quelques secondes à retrouver l'usage de la parole.

— Je crois, articula-t-il enfin, non sans difficultés, que ça nous détendrait tous les deux si vous commenciez par m'appeler Boris.

Ils ne s'attardèrent pas à table. D'ailleurs, depuis la déclaration de Mélanie, Corentin avait l'appétit coupé.

Il se félicita de ce que le restaurant qu'elle avait choisi se trouve, comme par hasard, tout près de la rue de Turbigo.

Tout en se demandant s'il s'agissait vraiment d'un hasard.

Par un miracle dû, sans doute, aux vacances du mois d'août, Corentin réussit à garer la Mégane de service pratiquement devant sa porte.

— Vous ne fermez jamais à clé ? s'étonna Mélanie quand Boris ouvrit d'un coup de pied la porte de chez lui.

— Non, pourquoi ? Il n'y a rien à voler.

Il se dirigea vers le petit frigo et ajouta en l'ouvrant :

— Sauf du champagne. Je peux vous en offrir ?

Elle éclata d'un petit rire cristallin :

— Avec plaisir, Commandant… pardon, Boris. Je vois que vous êtes équipé, toujours prêt à recevoir. Et j'imagine que vous devez recevoir souvent…

— C'est une question ?

Elle secoua la tête, faisant voler autour de l'ovale de son visage une nuée de mèches blondes.

— Non. D'ailleurs, je crois deviner la réponse et j'aime mieux que vous ne me la donniez pas. De toute façon, je suis sûre que vous faites des ravages.

Corentin se crut obligé de pencher la tête de côté avec une moue modeste.

Ce qui provoqua un nouveau rire de Mélanie.

— Allons, dit-elle, servez-nous plutôt un peu de ce champagne. Mais si vous avez l'intention de m'enivrer, je vous assure que ce n'est pas la peine. Je n'ai pas l'intention de m'enfuir en courant comme une jeune vierge effarouchée.

Elle avait l'air loin d'être effarouchée, en effet. Et Boris pensa très fort qu'elle devait être tout, sauf vierge.

Ils trinquèrent.

— Vous permettez que je me mette à l'aise ? demanda la jeune femme après avoir avalé une gorgée de champagne.

Sans attendre une autorisation dont elle ne doutait pas, elle lui tendit sa flûte, jeta son blouson de daim sur le vieux fauteuil Voltaire qui achevait de se délabrer, et fit passer son tee-shirt par-dessus sa tête. Puis, dans le même mouvement, elle arracha ses tennis et fit glisser le long de ses jambes interminables son pantalon de toile.

Il ne lui restait plus qu'une fine culotte bordée de dentelles blanches. Glissant les pouces sous l'élastique, elle l'envoya rejoindre le reste de ses affaires, par terre ou sur le fauteuil.

Puis, dans les dernières lueurs du jour qui jetaient

des reflets de miel sur sa peau, elle se planta face à Boris, poings aux hanches.

— Alors, Boris, lança-t-elle, qu'est-ce que vous pensez de votre nouvelle recrue ?

— Le plus grand bien, fit Boris, qui avait du mal à avaler sa salive, tant le spectacle qu'il avait devant les yeux était à couper le souffle.

Comme il l'avait pressenti la veille, Mélanie de Saint-Flour avait effectivement un corps de top-model. Mais pas la version plate. Celle avec des seins. Les siens étaient ronds et fermes comme des fruits exotiques, presque aussi volumineux, et semblaient défier les lois de la pesanteur, avec leur pointes dures comme des crayons et dardées sur Boris. Dont le regard descendit jusqu'au bas du ventre plat et soyeux, où un épais buisson doré scintillait doucement dans la lumière.

Ses jambes étaient de véritables sculptures aux courbes harmonieuses. Les muscles de ses cuisses ondulèrent légèrement, quand elle poussa la coquetterie jusqu'à se retourner. Et Boris put admirer la courbe magnifique de deux demi-sphères saillantes sous une cambrure que Mélanie accentuait à plaisir, laissant apercevoir une corolle nacrée dont Boris devinait le fruit gonflé, au plus secret d'elle-même.

Elle s'avança vers lui et reprit sa flûte de champagne, qu'il tenait toujours à la main.

— Maintenant, j'ai soif, déclara-t-elle en trempant les lèvres dans le nectar.

Puis elle lui tendit à nouveau son verre et se laissa glisser à genoux, le long du corps de Boris. Quand son visage se trouva un peu en-dessous de sa ceinture, elle laissa échapper un petit grognement d'appréciation en découvrant la bosse impressionnante qui déformait le tissu du pantalon de Corentin.

Elle se lécha les lèvres avec gourmandise.

— À mon tour d'évaluer la marchandise, susurra-t-elle.

Comme si elle n'avait fait que ça toute sa vie, elle défit la ceinture et les boutons du pantalon de toile, qu'elle abaissa d'un coup d'épaules. Cette fois, ce fut un léger sifflement qu'elle émit devant le slip rouge qui, à quelques centimètres de son visage, semblait sur le point d'éclater sous la pression que lui faisait subir, de l'intérieur, une virilité qu'elle devinait colossale.

Incapable d'attendre une seconde de plus, elle la déballa comme un paquet-cadeau un matin de Noël.

Et ses yeux et sa bouche s'arrondirent de stupéfaction.

— Merde ! fit-elle. Ça alors !... Et dire que j'aurais pu rater une chose pareille !

Avec respect, presque timidité, elle referma délicatement les doigts autour de l'objet de ses désirs.

Ils arrivaient à peine à en faire le tour.

Ce contact fut comme une injection d'adrénaline qui accentua encore les ardeurs de Boris. Les yeux ronds, Mélanie le vit se dresser encore plus devant son visage, atteindre une rigidité d'acier et... augmenter encore de volume !

Elle avança doucement la tête et coiffa de ses lèvres rouges le casque lisse et violacé qui semblait sur le point d'exploser, sous la pression du sang qu'elle sentait battre sous ses doigts. Puis, petit à petit, centimètre par centimètre, elle le fit coulisser entre ses lèvres, jusqu'à le sentir buter au fond de sa gorge. Elle le fit ressortir et recommença plusieurs fois de suite, accélérant légèrement le mouvement à chaque fois, le mouillant de salive pour mieux le faire glisser, ajoutant, enfin, le ballet tournoyant de sa langue autour du sommet turgescent.

Boris laissa échapper un grognement de plaisir. Le fourreau tiède de la bouche de Mélanie lui envoyait des ondes brûlantes jusque dans le cerveau. Au bout d'un moment, ce manège devint insoutenable. Si elle continuait encore quelques secondes, il ne pourrait plus se maîtriser très longtemps.

Il la repoussa doucement.

— On va passer à autre chose, dit-il.

Il la fit tomber en douceur sur le lit et acheva rapidement de se déshabiller avant de la rejoindre. Leurs deux corps enlacés et collés par la chaleur estivale tournoyèrent un long moment l'un sur l'autre, dans une chorégraphie torride. Ses lèvres étaient collées aux siennes et ils échangèrent un baiser interminable où leurs langues faisaient l'amour.

— Prends-moi, souffla-t-elle enfin. Je veux te sentir au fond de mon ventre.

Dans la position la plus classique, celle dite « du missionnaire », Boris se coucha entre les jambes largement ouvertes de Mélanie de Saint-Flour et, d'un coup de reins puissant, se glissa en elle de toute sa longueur. Il laissa échapper un râle de satisfaction en sentant le fourreau brûlant de son ventre se refermer autour de lui. Elle était étroite, mais pas trop, juste assez pour le tenir comme une main serrée autour de lui, multipliant chacune de ses sensations.

À chaque poussée, Boris avait l'impression de l'empaler sur lui encore plus profondément. Pour l'y aider, Mélanie remonta les genoux le long de son corps et referma ses jambes, comme un étau, autour des reins de son partenaire.

La bouche ouverte, les yeux fermés, elle souriait d'un air extatique en gémissant de plaisir sous la puissance du membre qui la pilonnait. Et puis, comme si elle s'arrachait elle-même à une sorte de nirvana, elle rouvrit les yeux et le fixa.

— Je te veux dans mes reins, soufla-t-elle d'une voix rauque. Maintenant !

D'un mouvement souple, elle l'arracha d'elle et le força à s'allonger sur le dos. Puis elle l'enfourcha en restant face à lui et Boris se sentit disparaître en elle. Son sexe n'eut même pas à forcer le petit anneau plissé des reins de sa partenaire. Ce fut elle qui l'avala, sans effort apparent, son orifice le plus étroit se distendant autour de lui avec une facilité surprenante.

Un étau l'enserrait à présent, encore plus fort que précédemment, et Boris avait la sensation étourdissante que des doigts minuscules et innombrables se livraient sur lui à une sorte d'acupuncture diabolique, trouvant d'instinct les points les plus sensibles de lui-même.

Relevant un peu la tête, il voyait le corps de la jeune femme danser au-dessus de lui, sa fabuleuse poitrine sautant en cadence comme celle d'une cavalière. Elle se tenait d'une main à ses hanches. De l'autre, elle caressait du bout des doigts la corolle nacrée du bas de son ventre, dont Boris pouvait voir les replis les plus secrets.

Elle avait la tête rejetée en arrière et de sa gorge s'échappait à présent un long cri rauque, interminable et continu, animal, de plus en plus puissant. Son corps fut soudain secoué par une série de spasmes, comme des secousses électriques ininterrompues, et Boris comprit que les vagues d'un orgasme puissant comme un raz-de-marée étaient en train de l'emporter.

Elle se resserra encore autour de lui, ce qui eut pour effet de déclencher son propre plaisir. Avec une série de cris rauques, il explosa au fond de son ventre, interminablement, se vidant jusqu'à la dernière goutte d'une substance qu'elle semblait lui arracher pour mieux la boire.

Ils restèrent ainsi de longues minutes, lui, la tête sur le côté, elle, toujours empalée sur lui, immobile, le corps recouvert de sueur et la tête en arrière, cherchant son souffle.

Puis, Mélanie de Saint-Flour se laissa doucement glisser de côté et s'effondra sur le lit, une jambe repliée sous elle, l'autre en travers du ventre de Boris.

Au bout d'un moment, elle laissa échapper un soupir, accompagné d'un rire à peine perceptible.

— Cette fois, dit-elle, je crois que je suis tout à fait détendue. Je vais dormir comme un bébé.

Elle se redressa sur un coude et approcha son visage du sien.

— Je peux vous demander l'hospitalité pour la nuit, Boris ? fit-elle d'une voix de petite fille.

À ce stade de leurs relations, Corentin pouvait difficilement la mettre dehors. C'eût été de la dernière goujaterie.

— Oui, sourit-il. Je crois que vous pouvez même me tutoyer. À condition de ne le faire que quand nous sommes seuls, évidemment.

CHAPITRE VIII

— Refermez votre blouse, Laetitia, ordonna Judith Moreau. Ce n'est pas le moment que monsieur Desalte attrape une érection.

— Bien, docteur, fit la jeune infirmière en obéissant.

Elle avait en effet tout ce qu'il fallait pour provoquer, chez n'importe quel homme normalement constitué, la réaction à laquelle le docteur Judith Moreau venait de faire allusion. Grande, blonde, faite au moule, on se rendait d'autant mieux compte qu'elle possédait une « plastique » parfaite que sa blouse d'infirmière était à la fois très courte et très échancrée. Et que, comme toutes les infirmières et aides-soignantes de la clinique, elle ne portait absolument rien en dessous.

Du coup, le geste qu'elle fit pour se rajuster ne dissimula pas grand-chose de son anatomie.

Pourtant, le sexe masculin qu'elle tenait entre ses mains, gantées de caoutchouc chirurgical, ne trahissait pas le moindre début d'érection. Non seulement il demeurait obstinément placide, mais de plus, il semblait littéralement se recroqueviller sous les doigts de la jeune femme. Un escargot sorti de sa coquille. À croire qu'il rapetissait à vue d'œil.

De toute évidence, le garçon couché sur la table d'opération se préoccupait moins des formes de son infirmière que de ce qu'elle était en train de lui faire. Il était parfaitement éveillé et subissait sans anesthésie une intervention qui devait être particulièrement douloureuse, à en croire la succession de grimaces qui déformaient son visage.

À en croire, aussi, les gestes qu'accomplissait avec une rigueur méthodique la dénommée Laetitia.

Après avoir décalotté au maximum le sexe du jeune homme, de façon à parfaitement dégager le gland, elle avait fixé autour de la base de celui-ci un petit anneau d'or, lequel se resserrait à volonté au moyen d'une minuscule crémaillère. Et avec une sorte de clé à l'échelle du reste, elle était en train de refermer au maximum l'anneau autour de la chair délicate.

À la manière d'un bijoutier ajustant une alliance à la taille exacte d'un annulaire.

Une fois l'opération terminée, l'infirmière se redressa et arracha ses gants de caoutchouc.

— C'est bien, Laetitia, fit le docteur Moreau, vous pouvez nous laisser.

L'infirmière quitta la salle et Judith Moreau s'approcha de la table d'acier où Laurent Desalte était toujours allongé.

Du bout de son index à l'ongle long et rouge, elle joua, un instant, à faire sautiller l'extrémité virile du jeune homme, désormais emprisonnée dans une alliance d'or.

— À présent, déclara-t-elle d'une voix sourde, interdiction de bander. Sinon, tu seras puni par où tu auras péché... Et la punition sera immédiate.

— Bien, docteur, articula douloureusement le garçon… je vous obéirai.

— C'est ce que nous allons voir, fit Judith Moreau. Tu vas subir ta première épreuve immédiatement. Suis-moi.

Laurent Desalte se leva péniblement et eut un réflexe pour porter la main à son sexe, encore mal habitué à cette nouvelle prison.

Judith Moreau abattit sa main sur la sienne, comme on le fait avec un enfant qui touche à des choses interdites.

— Et interdiction de te toucher ! fit-elle. Désormais, cette partie de toi-même ne t'appartient plus. C'est moi qui décide ce que tu dois en faire, ou ne pas en faire.

— Bien, docteur, fit le garçon d'un air contrit.

— Suis-moi, répéta le chef de clinique.

Toujours entièrement nu, Laurent Desalte suivit Judith Moreau hors de la salle d'opération et le long du couloir où donnaient les différentes pièces de « traitement ». À l'aide d'un trousseau de clés qu'elle portait en permanence à la ceinture, elle ouvrit une porte et s'effaça.

— Entre et assieds-toi, ordonna-t-elle.

En passant tout près de Judith Moreau, Laurent Desalte reçut une dernière bouffée de son parfum enivrant. Ce parfum qui, il s'en rendait compte, l'avait hypnotisé depuis le début, et qui était sans doute l'une des principales composantes de la redoutable autorité que dégageait le chef de clinique.

La pièce était plongée dans une obscurité qui aurait été complète, si un spot lumineux n'avait éclairé le centre d'une minuscule scène de théâtre. Au milieu de cette scène, en plein sous le feu du projecteur, une sorte de colonne d'acier chromé était fixée au sol et disparaissait dans les cintres.

Au milieu de la pièce, se trouvait un unique fauteuil. Le dossier et le fond étaient rembourrés de cuir, mais il ne comportait pas d'accoudoirs.

Laurent Desalte s'y installa. Aussitôt, Judith Moreau lui saisit les bras et les ramena derrière le dossier. Puis elle lui menotta les poignets.

Le garçon sentit qu'elle lui déposait quelque chose entre les mains. Une sorte de cube.

Elle se pencha vers lui et il reçut une nouvelle bouffée de ce parfum qui lui tournait la tête.

— Tu as ton « parachute » entre les mains, murmura-t-elle. C'est la porte de sortie des sans-couilles. Si jamais tu craques, il te suffit d'appuyer sur le gros bouton qui se trouve sur le boîtier, et on arrête tout. Mais tu sais quelles seront les conséquences.

Laurent Desalte fit « oui » de la tête.

Il n'ignorait rien, en effet, de ce qui se passerait s'il « sautait en marche », comme disait aussi le docteur Moreau. Le « traitement » serait instantanément interrompu, mais pas un sou, sur l'importante somme d'argent qu'il avait payée, ne lui serait remboursé. Pire : il perdrait à tout jamais le droit de remettre les pieds ici.

— Bien, fit Judith Moreau, je te laisse. Le traitement va commencer. Inutile d'appeler, la porte est capitonnée et la pièce est insonorisée. Un seul recours : le bouton.

Laurent Desalte entendit la porte se refermer derrière lui.

Il était seul, à présent, face à lui-même. Et face au silence.

Mais après tout, c'était bien pour ça qu'il était venu. Pour subir ce genre d'épreuves et se tester lui-même en sachant enfin jusqu'à quel degré de souffrance il était capable d'aller.

Laurent Desalte était un fils de « bourge » qui n'avait jamais eu de problèmes d'argent. L'oisiveté, c'est bien connu, étant mère de tous les vices, il avait passé des années à tromper son ennui par le sexe. Toutes les formes de sexe. La « baise » la plus classique, d'abord, avec les innombrables filles qu'il draguait sans difficulté, le sexe sous cocaïne, un peu d'homosexualité – pas beaucoup, ça n'était pas vraiment dans sa nature – et pour finir, le SM. Mais de ça aussi, il avait assez vite fait le tour. C'est pour ça que quand, par une de ses relations, il avait entendu parler du docteur Judith Moreau et de ses fameux « traitements », il n'avait pas hésité une seconde. Bien sûr, elle prenait des honoraires exorbitants, mais l'argent n'était pas un obstacle.

Et puis, quand on croyait, à vingt-deux ans à peine, avoir épuisé tous les plaisirs de la vie, en découvrir de nouveaux, ça n'avait pas de prix.

Depuis qu'il était installé dans cette pièce, absorbé dans ses pensées, il n'avait pas prêté une attention particulière à la colonne métallique dressée au milieu de la scène, et qui ressemblait à celle le long de laquelle les pompiers se laissent glisser pour atteindre plus vite leurs camions. Dans les films, en tout cas.

Et puis, soudain, il la VIT vraiment. C'est-à-dire que, dans un flash, il comprit à quoi elle servait.

Ayant les moyens, il avait pas mal voyagé. Aux États-Unis, entre autres. Et comme beaucoup de touristes masculins – et la plupart des Américains –, il n'avait pas pu résister au plaisir d'aller passer une soirée dans l'un de ces « strip-bars » où, sur scène, des filles superbes et presque nues s'enroulent avec des poses provocantes autour de colonnes d'acier verticales.

D'un modèle exactement semblable à celui qu'il avait en ce moment même devant les yeux.

Un frisson lui descendit le long de l'épine dorsale en se remémorant la soirée qu'il avait passée dans l'un de ces bars, au fin fond du Texas. Les filles au corps parfait qui se déhanchaient dans des attitudes érotiques avaient eu sur lui, qui se croyait blasé, un effet immédiat.

Sous la forme d'une érection incontrôlable qui avait duré toute la soirée.

Histoire d'explorer jusqu'au bout ces plaisirs typiquement américains, il n'avait pas non plus résisté à la proposition de l'une d'elles, lui offrant pour cinquante dollars un *lap-dancing* en salon particulier.

Les règles du jeu étaient sensiblement les mêmes que ce soir. À savoir qu'il avait l'obligation de garder les mains derrière le dos (même s'il n'était pas menotté), et de ne bouger sous aucun prétexte. S'il avançait une main pour caresser, ou seulement toucher la fille, elle interromprait immédiatement la séance et le ferait virer de l'établissement par des gorilles musclés.

Desalte avait joué le jeu. La fille s'était installée à califourchon sur lui, tout en restant debout, les pieds par terre, et s'était mise à danser frénétiquement, frottant son sexe nu contre le sien, à travers le tissu du pantalon. Elle accomplissait ce mouvement répétitif avec une telle vitesse que c'était à croire que ses hanches étaient montées sur roulements à billes.

Au bout d'un moment de ce manège, Laurent Desalte s'était rendu, inondant ses vêtements.

C'était un souvenir particulièrement voluptueux.

Mais ce soir, si c'était le même genre de traitement que Judith Moreau lui avait réservé, ça risquait de tourner au supplice.

Au sens le plus douloureux du terme.

Instinctivement, ses doigts se crispèrent sur le boîtier qu'il tenait entre ses mains.

La fille apparut à ce moment-là.

Un véritable rêve érotique.

Elle ne portait en tout et pour tout qu'un petit cache-sexe de cuir noir, retenu par une lanière et, laissant nu un ventre plat et dur, un minuscule bustier d'où débordait une poitrine agressive et volumineuse. Sa quasi-absence de vêtements ne dissimulait presque rien de son anatomie. Elle avait des jambes interminables et musclées à la hauteur des cuisses... comme celles d'une fille habituée à pratiquer le *lap-dancing*, justement. Encadrés par une épaisse chevelure noire, ses yeux sombres lançaient des éclairs provocants et sa bouche outrageusement maquillée de violet s'arrondissait déjà en une mimique torride.

Une bombe anatomique, sortie tout droit des pages de *Playboy* ou de *Penthouse*.

Judith Moreau avait sorti l'arme absolue.

Laurent Desalte eut un instant la tentation de fermer

les yeux. Mais cette fille était trop belle pour qu'il résiste à l'envie de la dévorer du regard.

Une musique langoureuse, à base de cuivres et de basses, s'éleva, surgie de nulle part, et la fille se mit à onduler doucement, en s'accrochant d'une main à la colonne métallique. Au rythme du « soul » qui emplissait la pièce, elle multipliait les poses érotiques, se penchant vers lui pour lui offrir une vue plongeante sur sa poitrine, ou, lui tournant le dos, se cambrant et décrivant des « 8 » avec sa croupe. S'agrippant à la barre d'acier, elle faisait mine de l'enfourcher comme un gigantesque membre viril, y frottant voluptueusement le bas de son ventre, le léchant de bas en haut du bout de sa langue dardée.

Le tout, de plus en plus vite, à mesure que le rythme de la musique s'accélérait. Avec un début de panique, Laurent Desalte sentit le sang se ruer à l'intérieur de son sexe. Lequel, malgré lui, commença à redresser la tête.

La douleur le traversa comme une lance enflammée. Ce qui eut au moins l'avantage de faire disparaître instantanément son début d'érection.

Sur scène, la fille semblait ne rien perdre du combat que sa victime livrait contre elle-même. Un léger sourire releva le coin de ses lèvres, révélant des dents de tigresse s'apprêtant à dévorer sa proie.

Elle ne le quittait pas des yeux. Et tout, dans son expression, indiquait qu'elle était sûre de sa victoire.

Elle n'en était qu'au début. Elle avait d'autres armes en réserve.

D'un mouvement souple, elle se débarrassa de son bustier, faisant jaillir à l'air libre deux obus ovales et durs comme de l'acier, dont les pointes brunes semblaient fusiller le garçon. Tout en les agitant de gauche à droite d'un mouvement d'épaules, elle fit glisser son cache-sexe, libérant une épaisse forêt brune aux boucles luisantes. Lentement, elle y plongea une main et ouvrit les jambes, face à lui, s'écartant de l'index et du majeur pour offrir au jeune homme la vision affolante de son intimité la plus secrète.

La douleur se lisait à présent sur le visage de Laurent Desalte, sous la forme d'une grimace qui lui tordait la bouche et lui déformait les traits. Il respirait par saccades, comme un homme torturé qui craint instinctivement que le moindre relâchement, même respiratoire, ne multiplie la souffrance.

Ce fut l'instant que la fille choisit pour quitter la scène et s'avancer vers lui, d'une démarche ondulante.

Écartant largement les jambes, elle l'enfourcha, sans le toucher, d'abord, et posa ses mains sur les épaules du jeune homme, pour assurer son équilibre. Puis, elle rejeta la tête en arrière et ses hanches commencèrent à rouler dans un mouvement continu, d'abord très lent, mais qui s'accéléra rapidement. Pour commencer, elle se contenta de l'effleurer. Puis, d'une manière savamment calculée, elle descendit son bassin de quelques centimètres et le fruit gorgé de sève que recélait son ventre se mit à aller et venir le long de sa victime.

Laurent Desalte avait, lui aussi, la tête rejetée en arrière.

Mais pas pour les mêmes raisons. Le visage déformé par une grimace de souffrance qui, à présent, ne le quittait plus, il hurlait sans discontinuer. Pleurant de douleur, il suppliait son bourreau, à travers ses larmes, d'arrêter, de mettre fin à son supplice.

Mais la fille, qui avait reçu des ordres stricts, resta sourde à ses implorations. Loin de se laisser attendrir, elle accéléra encore le roulement de ses hanches, se frottant à présent contre lui comme une louve en chaleur.

Les cris de Laurent Desalte dérapèrent dans le suraigu. Mais ni les larmes qui lui noyaient le visage, ni sa grimace, épouvantable à voir, ne détournèrent la fille de ce qu'elle avait à faire.

Elle le fit jusqu'au bout.

Jusqu'à ce qu'elle sentît un flot tiède et légèrement visqueux se répandre entre ses cuisses et sur le ventre de sa victime.

Alors, seulement, elle s'arrêta. Et se releva.

Elle resta quelques instants à considérer le spectacle pitoyable du jeune homme, la tête renversée en arrière sur le dossier du fauteuil, qui grimaçait toujours de souffrance et continuait de pleurer à chaudes larmes.

Elle baissa le regard et fit à son tour une petite grimace.

Le spectacle n'était pas beau à voir. Il y avait de quoi sangloter, en effet.

Pour un peu, elle aurait eu pitié de lui.

La fille brune au corps de bombe sexuelle ne pouvait pas savoir que ce n'était plus de souffrance physique que Laurent Desalte pleurait. Mais de désespoir.

Parce qu'au moment exact où il avait joui, la souffrance avait atteint un paroxysme auprès duquel ce qui avait précédé n'était rien.

Et qu'à cet instant précis, il n'avait pas pu s'empêcher d'appuyer sur le bouton.

CHAPITRE IX

Boris Corentin poussa un soupir de lassitude en cliquant, pour la millième fois de la matinée, sur la souris de l'ordinateur. On les avait installés de bonne heure, Mélanie de Saint-Flour et lui, devant l'un des écrans du fichier central, et un préposé leur avait ouvert le dossier consacré aux membres des professions médicales ou para-médicales ayant eu, au moins une fois, affaire à la police ou à la justice.

Boris s'était dit que, puisque la visite des cliniques privées n'avait rien donné, autant prendre les choses par l'autre bout, à savoir, les médecins et les chirurgiens eux-mêmes.

Quelque chose lui disait que ceux d'entre eux qui pratiquaient à l'occasion des opérations de mutilations sadomasochistes, même si celles-ci n'était pas franchement illégales, devaient avoir une moralité assez souple. Autrement dit, la stricte déontologie médicale ne devait pas les empêcher de dormir.

Par conséquent, il y avait de fortes chances pour qu'ils aient déjà eu des problèmes avec les services de police, et qu'on les retrouve quelque part sur les fichiers.

Malheureusement, Boris et Mélanie avaient été déçus.

Les seules infractions enregistrées ici concernaient des avortements pratiqués par certains médecins avant la légalisation de cette intervention.

Des précurseurs, en quelque sorte.

Et Corentin et sa partenaire – à tous les sens du terme – avaient eu beau creuser leurs dossiers, ils n'avaient rien trouvé d'autre à reprocher à ces praticiens. Si tant est qu'on ait pu leur reprocher d'avoir contribué avant les autres à la libération des femmes.

Boris cliqua sur « fermer » et se tourna vers la jeune inspectrice stagiaire. Qui affichait une mine aussi désappointée que la sienne.

Corentin admira au passage sa maîtrise d'elle-même. Après ce qui s'était passé entre eux la nuit précédente, il avait craint, un instant, qu'elle ne puisse pas s'empêcher de se conduire comme la plupart des femmes amoureuses et de se coller à lui en ronronnant comme une chatte, tout en lui adressant des regards langoureux à la pelle.

Ce qui, dans le cadre du service, aurait fait plutôt mauvais effet.

Mais elle avait adopté l'attitude inverse. Et sans aller jusqu'à l'indifférence à l'égard de Boris, elle manifestait vis-à-vis de lui un détachement qui n'aurait permis à personne de deviner qu'il y avait eu entre eux autre chose que de simples rapports professionnels. Et pour faire bonne mesure, elle s'était remise à le voussoyer et à l'appeler « commandant ».

Sauf quand ils étaient seuls, naturellement.

Ce qui n'était pas le cas à ce moment précis, puisqu'une bonne demi-douzaine de personnes se trouvaient dans la pièce, vaquant à leurs propres affaires.

— Bien, fit Corentin, je propose que nous allions réfléchir à tout ça dans mon bureau… qui est aussi le vôtre, d'ailleurs, jusqu'à ce qu'on vous donne une autre affectation.

En poussant la porte du bureau des Affaires Recommandées, qui donnait sur le long et large couloir du deuxième étage du quai des Orfèvres, Boris tomba en arrêt devant le spectacle peu glorieux qui s'offrait à lui. Et à Mélanie de Saint-Flour.

Le gros Rabert était assis, vautré en arrière et les pieds sur son bureau, en train de dévorer l'un des sandwiches déjà empilés sur le coin de sa table.

— Eh bien, Rabert, fit Boris, un peu de tenue. On a du monde.

Rabert rectifia précipitamment la position, manquant au passage de shooter dans ses sandwiches.

Il se leva et s'inclina maladroitement devant Mélanie.

— Mademoiselle… fit-il, les yeux hors de la tête.

— Mademoiselle de Saint-Flour, acheva Boris. Une collègue. Sortie avec les honneurs de l'École de police de Lyon. Mélanie, je vous présente le capitaine de police Rabert.

— Chapeau ! fit l'intéressé en expulsant quelques miettes de pain au passage. Moi, je n'y suis même jamais allé, à l'École de police.

— Ça ne t'empêche pas d'être un bon flic, sourit Corentin… Sauf quand tu traînasses, au lieu de faire ce que je t'ai demandé.

— Quoi ? s'indigna Rabert. Dis tout de suite que j'ai l'habitude de ne pas faire mon boulot ! Et devant Mademoiselle, en plus !

Corentin leva une main apaisante :

— Calme-toi, vieux frère, je plaisantais.

Il s'installa à son propre bureau, pendant que Mélanie, en l'absence de Brichot, s'installait au sien.

— Alors, fit Boris, tu as du nouveau sur le mystérieux Vladimir Lipovitch ?

Une lueur malicieuse s'alluma dans l'œil de Rabert. Qui prit le temps de mordre dans son sandwich avant de lancer un joyeux :

— Et comment !

— Eh bien, raconte ! fit Corentin avec impatience.

— Voilà, se lança Rabert. Comme tu le sais – pardon, comme vous le savez, tous les deux – l'identité du Lipovitch en question était aussi fausse que ses papiers. J'ai demandé au labo de faire une recherche à partir de ses empreintes, et alors, vous me croirez si vous voulez : pas d'empreintes !

Mélanie de Saint-Flour ouvrit des yeux ronds :

— Pas d'empreintes digitales ?

— Eh non, Mademoiselle : pas d'empreintes digitales. FIgurez-vous que les siennes ont été tout bonnement enlevées, au moyen d'une opération chirurgicale au cours de laquelle on lui a retiré la peau des dernières phalanges. Quand on a retrouvé son cadavre dans la Safrane, on a remarqué qu'il portait des petits pansements au bout de chaque doigt. Maintenant, on sait pourquoi…

— Alors ? demanda Corentin en sortant son paquet de Gitanes légères.

Rabert mordit à nouveau dans son sandwich. Sans doute afin de ne jamais cesser de parler la bouche pleine.

— Alors, j'ai pensé aux bonnes vieilles méthodes et j'ai envoyé sa photo, de face et de profil, à Interpol. Chou blanc. À croire qu'avant de transporter des cadavres, ce brave garçon n'avait jamais rien eu à se reprocher de sa vie.

Rabert engloutit une autre bouchée monumentale avant de poursuivre :

— C'est là que j'ai eu l'inspiration. Le coup de génie !

— Dis donc, le coupa Corentin, on va faire agrandir les portes, pour que ta tête puisse y passer...

Rabert éclata de rire :

— Je me suis dit que ce faux nom étranger masquait peut-être un vrai nom étranger, vous me suivez ? Autrement dit, qu'il s'agissait peut-être d'un immigré en situation plus ou moins irrégulière, à qui, en lui faisant ses faux papiers, on avait donné une nationalité étrangère pour que ça fasse plus vrai, si on lui posait des questions, par exemple.

Boris et Mélanie se regardèrent. Ce que disait Rabert devenait de plus en plus intéressant. Il se régalait de sa propre démonstration, mais ce n'était plus qu'une question de patience. On n'allait pas tarder à avoir droit à la conclusion.

— J'ai transmis les photos à tous les services d'immigration européens, poursuivit Rabert. Et c'est avec les Italiens que j'ai décroché la timbale !

— Lipovitch était italien ? fit Boris, interloqué.

— Non, albanais ! Mais débarqué en Italie, comme tant d'autres de ses compatriotes réfugiés du Kosovo. Il était parqué dans un camp d'accueil provisoire, jusqu'à ce qu'un diplomate des Affaires étrangères italiennes, un certain Umberto Rossi, ne vienne le tirer de là, soi-disant parce qu'il lui avait trouvé du travail.

— Tiens, tiens... fit Boris, en voilà, de la sollicitude à l'égard des immigrés clandestins !

— N'est-ce pas ! fit Rabert avec un grand sourire. Moi aussi, j'ai trouvé ça louche. Alors j'ai passé un petit coup de fil à nos collègues italiens, en leur demandant d'aller cuisiner un peu cet Umberto Rossi. Une fois qu'il a été *al dente*, comme ils disent chez eux, il a craché le morceau. L'Albanais – qui, entre parenthèses, s'appelait Sali Alia, de son vrai nom – a été envoyé en France par Umberto Rossi, pour se mettre au service d'une de ses meilleures amies...

Ménageant ses effets, Rabert mordit encore une fois dans son sandwich et prit le temps de mâcher longuement avant de continuer :

— L'amie en question est une certaine Judith Moreau. Sali Alia était son chauffeur.

Boris hocha lentement la tête avec une moue perplexe.

— Judith Moreau, répéta-t-il... ça ne me dit rien.

— Elle occupe un poste important à la Mairie de Paris, poursuivit Rabert. Au département immobilier.

Il leva la main tenant son sandwich, dont son index se détacha pour se diriger en l'air. Sa manière à lui d'annoncer le bouquet final.

— Mais c'est un boulot plus moins honorifique, qu'elle doit au fait d'être une militante du parti auquel appartient le Maire de Paris.

— Et sa véritable profession, fit Boris, c'est quoi ?

Rabert poussa dans sa bouche ce qui restait de son sandwich et articula péniblement :

— Chirurgien.

*

* *

Le docteur Judith Moreau, accessoirement responsable du département immobilier de la Mairie de Paris, croisa lentement et ostensiblement les jambes, dans son profond fauteuil de cuir fauve.

Ce qui permit à Boris Corentin, installé juste en face d'elle, de constater qu'elle ne portait absolument rien sous la jupe noire de son tailleur Chanel. Rien qu'une toison généreuse dont les reflets roux garantissaient l'authenticité de sa flamboyante couleur de cheveux.

Aimé Brichot était assis dans un autre fauteuil. Comme il était un peu décalé par rapport à Judith Moreau, il n'avait pas profité du spectacle que celle-ci venait d'offrir à Boris. Et – délibérément – à lui seul.

Aimé, à qui Boris avait demandé d'abandonner provisoirement Tardet et de l'accompagner pour cette rencontre délicate avec le docteur Judith Moreau. Mélanie de Saint-Flour avait naturellement râlé d'être tenue à l'écart, et s'était plainte amèrement de ce qu'elle prenait pour un manque de confiance de la part de Boris. Lequel lui avait gentiment expliqué qu'il ne s'agissait pas d'un manque de confiance de sa part à lui, mais d'un manque d'expérience de sa part à elle. Et qu'en l'occurrence, l'affaire que les occupait était trop grave pour qu'il puisse prendre le moindre risque.

— Tu auras ta revanche, lui avait-il dit en lui déposant un baiser au coin des lèvres… Je t'en donne ma parole d'honneur.

Ce qui l'avait calmée… provisoirement.

Outre le buisson de feu du ventre de Judith Moreau, Corentin avait aperçu le haut de ses bas fumés, dont le crissement, en frottant l'un contre l'autre, lui avait envoyé une décharge électrique dans la moelle épinière. À l'endroit où les bas s'arrêtaient sur la peau très pâle des cuisses pleines, il vit aussi les fixations d'un porte-jarretelles noir. Assorti à la couleur de son tailleur. Lequel, pensa Corentin, était sûrement vrai, contrairement à celui que Mélanie de Saint-Flour avait arboré pour son premier jour !

La main aux ongles écarlates du docteur Moreau s'envola dans un geste rapide pour désigner le décor de son salon.

— J'ai préféré vous recevoir ici, dit-elle, parce que c'est moins formel que mon bureau de l'Hôtel de Ville. Et puis, comme j'ai une consultation privée, tout à l'heure, ça me permettra d'être sur place.

Judith Moreau avait en effet son cabinet dans cet appartement somptueux qui, à vue de nez, devait frôler les cinq cents mètres carrés. Ironiquement, il était situé tout près du quai des Orfèvres, quai de Montebello exactement, au cinquième étage, et jouissait d'une vue imprenable sur Notre-Dame.

La décoration luxueuse était à base de meubles en acier. Sur le fond de tissu rouge sang des murs se détachaient, ici et là, la forme étrange d'un masque barbare, d'un costume de sacrifice ayant appartenu à quelque tribu primitive, ou d'un totem grimaçant.

Pourtant, lorsqu'on pénétrait chez Judith Moreau,

on était moins frappé par le décor – pourtant original – que par le parfum.

Son parfum.

Une fragrance lourde, envoûtante, avec quelque chose de presque inquiétant, qui se dégageait d'elle par bouffées puissantes à chaque fois quelle se déplaçait. Et qui, le reste du temps, stagnait dans l'air de cet appartement aux fenêtres fermées comme les odeurs de philtres magiques dans l'antre d'un alchimiste.

Boris essaya d'en saisir quelques composantes. À vue de nez – c'était le cas de le dire –, il y avait dans ce mélange qu'il n'avait encore jamais senti, du musc, du poivre, un peu de vanille, de la rose, de la bergamote, et même une note plus discrète que les autres et qui évoquait une bouteille de rhum fraîchement débouchée.

Est-ce que ça sentait bon, ou était-ce franchement écœurant ? Corentin n'arrivait pas à se décider. Sans doute les deux à la fois.

« Après tout, se dit-il, pourquoi ne pas poser franchement la question ? »

— Docteur, fit-il, puis-je me permettre de vous demander une chose qui est sans rapport avec le but de notre visite, mais qui, je l'avoue, m'intrigue ?

— Allez-y.

— Je n'ai pas pu m'empêcher de remarquer que vous portez un parfum délicieux, et que je ne connais pas. Je peux vous demander ce que c'est ?

Judith Moreau eut un sourire de tigresse. Corentin comprit qu'il avait visé juste et touché un point sensible. De toute évidence, elle était fière de son parfum et elle était ravie de pouvoir en parler.

— Eh bien… Commandant, c'est bien comme ça que je dois vous appeler ?

— Oui.

— Il n'y a rien d'étonnant à ce que vous ne le connaissiez pas. Je suis pratiquement la seule à le connaître. Ce parfum a été inventé par Houbigant pour Marie-Antoinette, il y a plus de deux siècles. D'où son nom : « le Parfum de la Reine ». Il avait complètement disparu depuis cette époque. J'en ai retrouvé la recette dans un vieux livre et je l'ai fait recomposer pour mon usage exclusif.

Corentin hocha la tête en signe d'appréciation.

— Remarquable ! fit-il à tout hasard.

Judith Moreau se rengorgea :

— Vous ne croyez pas si bien dire. Tellement remarquable que lors de la fameuse fuite de Varennes, c'est son parfum qui a trahi Marie-Antoinette et l'a fait reconnaître. C'est à cause de lui qu'on l'a arrêtée. Il est donc en partie responsable de sa fin, sous le couperet de la guillotine.

Boris la fixa avec un demi-sourire :

— Un parfum… mortel, en quelque sorte, lâcha-t-il.

Judith Moreau et Boris Corentin échangèrent un regard lourd de sous-entendus. Dans les yeux de la femme rousse, il y avait comme une lueur de défi. Dans le regard de Boris aussi.

Comme si elle devinait ses pensées, Judith Moreau élargit son sourire. Avec l'air de dire : « Malheureusement pour vous, monsieur le Policier, je suis beaucoup plus forte que Marie-Antoinette. »

« C'est ce qu'on verra », répondit mentalement Boris, toujours avec son seul regard.

Cet échange muet n'avait pas duré plus de quelques secondes. Mais il avait suffi à persuader Corentin que le docteur Judith Moreau était au cœur de toute cette affaire qu'il essayait de démêler.

Son instinct, qui avait fait de lui un superflic, ne l'avait pour ainsi dire jamais trompé. Et, à cet instant précis, il lui criait qu'il était en présence de celle qu'il cherchait depuis le début.

Celle de qui tout partait. Autour de qui tout rayonnait.

Comme une toile de mort autour d'une araignée monstrueuse.

Et tout ça, avant même qu'ils ne soient entrés dans le vif du sujet.

Ce fut Judith Moreau qui attaqua :

— Mais trêve de mondanités. Si nous en venions au but de votre visite, Commandant... et Capitaine.

Elle avait à peine regardé Aimé Brichot. Depuis le début, ses yeux ne quittaient pas Boris, détaillant avec gourmandise chaque centimètre carré de sa personne... et s'arrêtant sans la moindre gêne sur le renflement de son pantalon. Aimé Brichot, lui, avait compris tout de suite qu'il n'était pas son type. Mais il avait l'habitude de se faire voler la vedette par Boris dans ce domaine, et il s'était depuis longtemps fait une raison.

— Vous m'avez dit au téléphone, continua Judith Moreau, qu'il s'agissait de la mort accidentelle de mon chauffeur, Vladimir Lipovitch.

— Ou plutôt Sali Alia, rectifia Corentin. Nous avons découvert que c'était sa véritable identité. Et qu'il n'était pas russe, mais albanais.

Judith Moreau leva les yeux au ciel et écarta les mains en un geste fataliste.

— Eh bien, vous voyez, on est souvent bien mal récompensé de ses bonnes actions. Je savais que cet homme était un réfugié en situation illégale. Un « sans papiers », comme on dit de nos jours. Alors, j'ai voulu faire quelque chose pour lui. En sauver au moins un. Je lui ai procuré cet emploi et fait faire des papiers, sur la base des renseignements qu'il m'a donnés sur lui-même et dont il m'a certifié l'authenticité.

Elle sourit avec une innocence parfaitement feinte et ajouta :

— Comme on disait dans les pièces de boulevard de jadis : ma bonne foi a été surprise ! J'espère que vous n'en doutez pas, Commandant ?

Boris préféra ne pas répondre à cette question. Ne serait-ce que pour éviter de mentir à son tour.

Car Judith Moreau mentait effrontément, ça crevait les yeux. Et ce, pour une bonne raison : le soi-disant Lipovitch n'avait jamais fait partie de ces fameux « sans papiers » que les médias et les intellectuels français défendant leur cause ont rendus célèbres. Sali Alia lui avait été « procuré » directement, et pour son usage personnel, par son ami le diplomate italien Umberto Rossi.

Ce que Boris choisit délibérément de faire semblant d'ignorer, pour l'instant. S'il mettait tout de suite Judith Moreau en face de son mensonge, elle risquait de se braquer et de se fermer comme une huître. Or, ce n'était pas pour cette histoire de travail clandestin – qui n'était pas de son ressort, de toute façon –, que Corentin était décidé à la faire « tomber ».

Mais pour un double meurtre.

Et pour y arriver, il fallait la faire parler davantage. La pousser aussi loin que possible sur la voie des confidences.

Le docteur Judith Moreau, il l'avait senti tout de suite, était d'un orgueil démesuré. C'était son talon d'Achille. Le point faible qui, au bout du compte, la conduirait inéluctablement à sa perte.

— Vous avez naturellement appris, dit-il, que Lipovitch, ou Sali Alia, s'est tué dans un accident de voiture ?

— Bien sûr. Pauvre garçon...

— Il conduisait une Renault Safrane bleu marine. Ça vous dit quelque chose ?

Judith Moreau eut une moue d'ignorance :

— Absolument rien. Personnellement, j'ai une Citröen XM. Et à ma connaissance, aucune voiture du parc automobile de la Mairie de Paris n'est bleu marine. De plus, elles sont réservées au service. Les employés ont interdiction de s'en servir pour leur usage personnel.

— Ce qui est heureux pour la Mairie de Paris, fit Boris négligemment. Et, indirectement, pour vous. Parce qu'il y avait un cadavre dans le coffre.

Les yeux verts de Judith Moreau s'arrondirent de surprise. Là encore, parfaitement feinte, Boris n'en douta pas une seconde.

— Ça alors ! s'exclama-t-elle. Décidément, ce garçon avait une face cachée terrifiante. Je n'ai jamais su ce qu'il faisait de ses nuits, mais franchement, je ne l'aurais pas soupçonné d'être un assassin !

— Pour tout vous dire, nous non plus.

L'expression de surprise s'accentua sur le visage du praticien.

Boris la laissa mariner quelques secondes, le temps de plonger la main dans la poche intérieure de son blouson, à la recherche de son paquet de cigarettes.

Judith Moreau l'arrêta d'un geste :

— Non, s'il vous plaît, soyez gentil... Je ne supporte que l'odeur de mon parfum.

— Bien, soupira Boris en remettant son paquet au fond de sa poche... Au fait, connaissiez-vous une certaine Alicia Gonçalves ?

— Absolument pas. Pourquoi ?

— C'est le nom de la jeune femme qu'on a retrouvée dans le coffre de la voiture.

Tout en parlant, il n'avait pas cessé de fixer son interlocutrice. Il avait espéré, en prononçant le nom d'Alicia Gonçalves, voir passer une lueur paniquée dans le regard de Judith Moreau.

Mais elle était restée imperturbable. Ce qui, dans le fond, n'avait rien d'étonnant. Si, comme Boris le croyait, elle était au courant de tout, elle s'attendait forcément à ses questions.

Aimé Brichot, qui en avait assez de jouer les potiches, décida d'intervenir :

— Alicia Gonçalves est morte d'un arrêt cardiaque, dit-il, provoqué par des pratiques sadomasochistes extrêmement poussées.

Le regardant à peine, Judith Moreau eut un geste fataliste qui signifiait quelque chose comme : « Ça arrive... Qu'est-ce que j'y peux ? »

— Ça n'a pas l'air de vous étonner ? fit Boris.

Elle le fixa soudain plus intensément, une lueur

étrange, et presque violente, s'allumant dans ses yeux verts.

— Ce qui m'étonne, fit Judith Moreau, ce sont toutes les bêtises qu'on ne cesse pas de raconter à propos de cette forme de sexualité, tout aussi honorable qu'une autre. Savez-vous, Commandant, que beaucoup de gens ne sont capables d'atteindre le plaisir que par le biais de la souffrance ? Or, chacun a droit au plaisir, n'est-ce pas ? On ne cesse de nous le seriner, en tout cas. Par conséquent, si on refusait à ceux qui en ont physiquement besoin le plaisir par la souffrance, cela créerait des frustrations pouvant aller jusqu'à de véritables pathologies mentales. Et, à partir de là, qui sait ce qui arriverait... ? On assisterait peut-être à la naissance d'une nouvelle espèce de crimes sexuels.

Elle se leva soudain et se mit, tout en parlant, à arpenter son salon. Comme si elle avait besoin de bouger pour mieux donner libre cours à des mots qui semblaient venir du fond d'elle-même.

— Personnellement, je suis partisan d'offrir à ces gens ce dont ils ont besoin. À mes yeux, cela relève d'une forme de thérapie, ni plus ni moins. Si vous voulez le fond de ma pensée, je trouve même qu'on devrait créer des structures spécialement destinées à satisfaire cette forme de libido. Ce serait un service médical comme un autre. Et remboursé par la Sécurité sociale, pourquoi pas ? D'ailleurs, je suis persuadée qu'on y viendra un jour.

— Vous parlez d'une sorte de clinique du sadomasochisme ? demanda Brichot.

Judith Moreau marqua un temps d'arrêt. Comme si la question d'Aimé l'avait légèrement déstabilisée.

— Euh... enfin, non, dit-elle. Pas tout à fait... Mais, après tout, pourquoi pas ?

Pour la première fois, Corentin eut la certitude qu'elle s'était trahie. Qu'elle était allée trop loin et s'en était rendu compte trop tard.

Cette « clinique » existait-elle ? Judith Moreau en était-elle le cerveau ?

Soudain, il fut persuadé que la réponse était oui. Mais que Judith Moreau se ferait couper en tranches plutôt que de l'avouer.

Par acquit de conscience, mais sans se faire d'illusions sur la réponse, il posa quand même la question :

— À votre connaissance, un établissement comme celui-là existe-t-il ?

— Non. Bien sûr que non, fit Judith Moreau, qui avait retrouvé toute sa maîtrise d'elle-même. Je ne faisais que vous exposer une théorie. Mais ça existera un jour, certainement.

Cette fois, il n'y avait plus rien à en tirer. Quant à l'interroger sur la mort de Julie Desclaux, c'était inutile, puisque rien, officiellement, ne permettait d'établir un lien entre la deuxième victime et le docteur Moreau. Même si Boris ne doutait pas que ce lien existait.

— Bien, fit-il en se levant, imité par Brichot. Nous n'allons pas davantage abuser de votre temps.

— Mais je vous en prie, fit le docteur Moreau en leur tendant la main.

Elle garda celle de Boris dans la sienne un peu plus longtemps que nécessaire.

— Revenez me voir quand vous voulez, lui soufflat-elle à l'oreille... et seul, de préférence.

Boris sourit poliment. Tout en sachant qu'il ne répondrait pas à cette invitation. D'abord, parce que le parfum entêtant de Judith Moreau l'écœurait plus qu'autre chose.

Ensuite, parce que leur deuxième rencontre risquait de se dérouler d'une façon infiniment moins agréable qu'elle avait l'air de le supposer.

Pour elle, surtout.

CHAPITRE X

Sous l'effet d'une fureur qu'elle avait du mal à contenir, le docteur Judith Moreau crispa ses doigts, à s'en blanchir les phalanges, sur la télécommande. Tout en se retenant, avec difficulté, de s'en servir.

Il ne fallait pas. Pas maintenant.

Par précaution, elle la posa devant elle, sur la petite tablette qui se trouvait au bas du miroir sans tain, de l'autre côté duquel se trouvait la salle d'opération numéro un. C'était dans cette pièce qu'elle assistait, parfois, à certains « traitements », qui ne nécessitaient pas absolument sa participation et qu'elle faisait effectuer par l'une ou l'autre de ses collaboratrices dévouées.

Mais tout le monde, y compris le « patient », savait que le chef de clinique était là, tapie dans l'ombre, et qu'elle ne perdait pas une miette de ce qui se passait.

D'ailleurs, il lui arrivait d'intervenir, pour donner un ordre ou modifier le déroulement du traitement, au moyen d'un micro placé devant elle. De l'autre côté, sa voix arrivait déformée par un système acoustique du même genre que ceux dont se servent les services de renseignements pour certains interrogatoires.

Quand Judith Moreau procédait de cette façon anonyme, c'était généralement parce que le « patient » était une personnalité connue, ou l'une de ses relations mondaines ou professionnelles. Lorsqu'un homme – ou une femme – appartenant à l'une de ces catégories manifestait le désir d'accéder aux « soins » prodigués par sa clinique, Judith Moreau s'arrangeait pour l'y faire amener par une tierce personne. Et faisait conduire la consultation préliminaire obligatoire par l'une de ses infirmières.

Comme ça, il n'y avait pas de risque de situations embarrassantes, si elle s'était retrouvée face à eux, ou elles, dans un cocktail, un dîner, ou dans son bureau de la Mairie de Paris.

Mais cette nuit, le « patient » n'était ni une personnalité en vue, ni une relation professionnelle.

C'était une jeune femme de vingt-quatre ans, une certaine Anne-Marie Morhange.

C'était encore Daniel Durieux, le fameux Dédé, qui l'avait « levée », dans une galerie de peinture, cette fois-ci. Dédé, qui était encore sous le choc de l'« accident » survenu, l'autre nuit, à Julie Desclaux, et qui s'était depuis, provisoirement retiré de la circulation.

« Pauvre chéri », pensa Judith Moreau avec un haussement d'épaules méprisant.

Anne-Marie Morhange s'était donc présentée toute seule à la clinique.

Contrairement à ce qui se passait la plupart du temps, Daniel Durieux n'avait pas eu besoin de consacrer des semaines pour la conduire progressivement sur les pentes sulfureuses du sadomasochisme. Anne-Marie Morhange était naturellement une adepte fervente du SM. Sous le charme de Daniel, elle avait abandonné le domicile parental sans laisser d'adresse et s'était installée chez lui.

Et puis, quand il avait « craqué », elle l'avait quitté sans un mot. S'il y avait une chose qu'elle n'avait jamais supportée, chez un homme, c'était la faiblesse. Même quand celle-ci était justifiée par un événement grave.

Elle avait raconté tout ça au docteur Moreau, laquelle avait été enthousiasmée par ce sujet d'élite.

Anne-Marie Morhange n'avait ni cœur, ni âme. Elle était faite d'acier trempé à cent pour cent. Immédiatement, Judith Moreau avait su qu'elle irait jusqu'au bout du traitement qu'elle lui prescrirait.

Un traitement d'une dureté extrême.

Et elle avait senti des ondes de plaisir irradier son ventre, à la seule perspective de se régaler du spectacle.

Un spectacle qui se déroulait en ce moment, sous ses yeux.

Si Judith Moreau avait choisi d'y assister derrière la glace sans tain de son cabinet insonorisé, c'était tout simplement parce qu'elle était moins en train que d'habitude. Et qu'elle avait les nerfs à vif, ce qui lui ôtait toute envie de supporter les cris de la jeune femme.

Cris qu'elle ne poussait d'ailleurs pas encore.

Mais qui jailliraient tout à l'heure.

Quand Judith Moreau, derrière sa vitre, actionnerait la télécommande.

Bien qu'elle eût le moral sérieusement entamé depuis que, la veille, elle avait reçu la visite, chez elle, de ce flic de la Mondaine, flanqué de son équipier. Beau gosse, ce Corentin, soit dit en passant. Elle l'aurait volontiers « utilisé » comme elle le faisait avec Sali.

Mais elle était trop fine mouche pour ne pas avoir compris que le Corentin en question, malgré sa politesse et sa galanterie, n'était pas sensible à son charme. Il ne lui avait pas échappé non plus qu'il était d'une intelligence supérieure, et qu'il l'avait percée à jour. Il savait tout, ou presque, ça ne faisait pas l'ombre d'un doute.

Et Judith Moreau avait lu dans son regard qu'il était bien décidé à tout faire pour qu'elle se retrouve logée au frais de l'État, dans une seule pièce avec barreaux aux fenêtres et bail de vingt ans.

Incompressibles.

Bien sûr, il n'avait pas la moindre preuve contre elle. Mais malin comme il l'était, il finirait bien par en trouver. Ce n'était plus qu'une question de temps.

Depuis le moment où Corentin était sorti de chez elle, Judith Moreau avait eu la conviction douloureuse que ses jours de liberté étaient comptés. Ainsi que ceux de sa clinique, ce chef-d'œuvre auquel elle avait consacré les meilleures années de sa vie, et dont elle était si fière.

Jamais elle ne savourerait cette reconnaissance officielle de ses pairs, qu'elle avait tant espérée.

Jamais…

Un éclair de folie meurtrière brilla dans son regard d'émeraude.

Si elle devait perdre la partie, elle ne se rendrait pas sans un ultime combat. Sans une ultime provocation. Elle tomberait peut-être, mais sa chute ferait autant de bruit qu'une bombe en explosant.

Sali disparu, Judith avait dû se débarrasser elle-même du corps de Julie Desclaux, avec l'aide de Laetitia, son infirmière-chef. Heureusement que celle-ci, une Danoise d'origine, était aussi robuste que belle. Et aussi totalement dénuée qu'elle du moindre soupçon de moralité.

Ensemble, elles avaient pris sa Citroën XM personnelle, ce qui était risqué, mais la voiture de la clinique avait disparu en même temps que Sali. Et Judith Moreau n'avait pas voulu prendre le risque de contacter elle-même Gérard Bourgoin, pour qu'il lui en fabrique une autre. D'autant que le garagiste devait être surveillé par la police, si celle-ci avait découvert que la Safrane sortait de chez lui. Ce qui s'était avéré être le cas, elle en avait eu la confirmation quelques jours plus tard, par les questions de Corentin.

Judith Moreau et Laetitia étaient allées jusqu'en Bretagne et, en pleine nuit, après avoir lesté le corps de Julie Desclaux, l'avaient balancé à la mer.

Si elles avaient été capables de le faire une fois, elles seraient capables de recommencer.

D'ailleurs, la prochaine fois, Judith Moreau ne se donnerait pas autant de peine. Foutue pour foutue, autant partir en signant un dernier chef-d'œuvre, et l'exposer à la vue de tous. À commencer par Boris Corentin.

Un chef-d'œuvre écrit en lettres de sang.

Le docteur Moreau s'empara machinalement de la télécommande et la serra encore une fois, à la faire éclater entre ses doigts.

Mais se retint à nouveau de l'utiliser.

Le moment n'était pas encore venu.

Mais il n'allait plus tarder.

Elle soupira et tâcha de se maîtriser. Autant profiter du spectacle, puisqu'elle s'en était fait une telle joie anticipée.

Elle n'était pas déçue.

Anne-Marie Morhange était debout sur la table d'opération, le corps et la tête rejetés en arrière. Elle serait tombée si elle n'avait pas été retenue par deux chaînes, passées dans deux anneaux. Des anneaux de vingt centimètres de diamètre chacun.

Fixés à sa poitrine.

Ils n'étaient pas insérés dans les mamelons, comme c'est généralement le cas avec les petits anneaux utilisés dans le piercing. Ceux-là étaient beaucoup trop gros.

Ils transperçaient les seins d'Anne-Marie Morhange de part en part. À travers l'épaisseur de la chair.

L'opération, pour les mettre en place, n'avait pas duré moins de deux heures. Sans anesthésie, évidemment, puisque l'anesthésie va à l'encontre de la notion même de sadomasochisme.

La clinique du docteur Moreau était du coup la seule au monde où on l'ignorait totalement.

Mais pendant ces deux heures de souffrances abominables, la jeune femme brune au visage fin mais dur n'avait pas bronché. C'était à peine si, de temps à autre, elle avait esquissé une grimace, quand Laetitia avait eu un geste plus brutal que les autres.

Naturellement, elle avait par avance refusé l'idée même du boîtier « parachute » et s'était presque mise en colère, quand Judith Moreau le lui avait proposé.

Pour le principe. Parce que le chef de clinique savait déjà qu'Anne-Marie le refuserait.

Elle ne s'était pas trompée, en jaugeant son caractère.

L'« insertion » terminée, la jeune femme s'était mise debout sur la table d'opération et Laetitia avait rapidement passé les chaînes dans les anneaux, avant de les fixer à la crémaillère du plafond.

Puis, elle avait actionné le mécanisme de tension.

Les seins d'Anne-Marie Morhange avaient à présent une drôle de forme, à la fois écrasés et distendus en direction du plafond. Ils supportaient tout le poids de la jeune femme, qui s'était totalement laissée aller en arrière.

Elle ne prenait aucun appui sur ses jambes, mais gardait celles-ci ouvertes au maximum.

Offrant à Judith Moreau le spectacle troublant de l'épaisse forêt sombre du bas de son ventre et de la fleur secrète de son intimité, dont, à cause de sa position, on distinguait nettement la corolle nacrée.

C'était le moment d'attaquer la phase finale.

Judith Moreau se pencha vers le micro.

— Allez-y, Laetitia…

La grande infirmière blonde, qui attendait cet ordre, alla chercher dans le tiroir d'un meuble métallique un objet long et noir que n'importe quel amateur aurait identifié au premier coup d'œil.

Un godemiché.

Celui-ci n'imitait pas, comme c'est le plus souvent le cas, la forme précise d'un sexe masculin, avec ses veines saillantes et son casque turgescent. C'était un simple tube cylindrique, arrondi au bout pour faciliter la pénétration.

Ce n'était pas son seul signe particulier.

Il était, non pas en plastique ou en caoutchouc, mais en métal.

Et il était télescopique, de façon à pouvoir s'allonger APRES avoir été mis en place.

L'instrument était fixé à une sorte de harnais noir, métallique et rigide, lui aussi, évoquant une ceinture de chasteté.

Et muni d'un cadenas à combinaison.

Avec une expression aussi détachée que s'il s'agissait d'un bistouri, ou de tout autre instrument de chirurgie classique, Laeticia l'enduisit avec application d'un gel lubrifiant.

Apparemment, la douleur provoquée par une pénétration « à sec » ne faisait pas partie du « traitement ».

Anne-Marie Morhange ne broncha pas quand l'infirmière lui passa le harnais autour des jambes, comme une culotte et, remontant l'ensemble jusqu'en haut, commença d'introduire le cylindre métallique dans le puits de ses reins. Où le tube d'acier, court mais épais, ne tarda pas à disparaître complètement.

Enfin, Laetitia serra la boucle de la ceinture et referma le cadenas en faisant jouer les quatre petites molettes de la combinaison.

Puis, elle s'écarta.

Anne-Marie Morhange respirait lourdement. Mais elle ne bougeait toujours pas, et pas la moindre plainte ne s'échappait de ses lèvres.

— À moi… murmura Judith Moreau pour elle-même, de l'autre côté de la vitre.

La télécommande qu'elle tenait en main n'avait que deux touches : un bouton et, juste en dessous, une petite molette graduée.

Du pouce, elle la fit tourner d'un demi-centimètre.

Le minuscule moteur situé dans le godemiché réagissait, Judith Moreau le savait, avec une sensibilité extrême.

Pas la peine de forcer.

Déjà, sur cette imperceptible rotation de la molette, l'instrument avait dû commencer à s'allonger, à l'intérieur du corps d'Anne-marie Morhange.

Le chef de clinique en eut la confirmation quand la jeune femme suspendue par les seins tressaillit pour la première fois.

Avant de s'immobiliser à nouveau.

Seule la surprise avait dû motiver sa réaction. Car pour elle, cette légère douleur n'en était pas une.

Judith Moreau fit tourner la molette d'un autre demi-centimètre.

Anne-marie Morhange eut un nouveau soubresaut. Plus violent, cette fois.

Judith Moreau eut un sourire cruel.

Elle savait qu'à ce stade, l'instrument s'était allongé de vingt centimètres. Ajoutés à sa longueur initiale, ça faisait presque quarante.

On était déjà à la limite de ce qu'un être humain, même résistant, et même particulièrement « accueillant » dans cette partie de son anatomie, pouvait supporter.

Mais Anne-marie Morhange ne criait toujours pas.

Judith Moreau s'en rendait compte car sa bouche restait obstinément fermée. Depuis sa cabine insonorisée, si la jeune femme avait hurlé, elle ne l'aurait pas entendue.

Faisant preuve d'un courage qui finissait par forcer

l'admiration du chef de clinique, Anne-marie Morhange se mordait les lèvres pour ne pas réagir. Mais la douleur, cette fois, était bien là, bien réelle. À la limite de l'insoutenable.

Comme en témoignaient les grosses larmes qui coulaient à présent le long de ses joues.

Impitoyablement, Judith Moreau actionna encore une fois la petite molette de sa télécommande.

Cette fois, tout le corps d'Anne-Marie Morhange se tétanisa, comme si un courant électrique venait de le traverser.

Sa bouche s'ouvrit et elle se mit à hurler de douleur, sans discontinuer, comme une bête poignardée.

Laetitia, pourtant dénuée de toute sensibilité et qui en avait vu d'autres, se boucha les oreilles avec les mains, dans un réflexe incontrôlé.

De l'autre côté de la vitre, ce spectacle parfaitement silencieux faisait un drôle d'effet.

C'était comme un film d'horreur dont on aurait coupé le son.

Du coup, ça avait quelque chose d'irréel. Comme si tout ça n'était pas vraiment en train d'arriver.

Comme dans un rêve.

Ou un cauchemar.

Mais, était-ce l'effet conjugué de cette isolation phonique et de l'immobilisation totale de l'« actrice » qui conféraient à cette vision de la souffrance absolue un statut d'image, de plan fixe, très vite Judith Moreau éprouva une lassitude désabusée. Une moue impatiente se dessina sur ses lèvres devant ce spectacle qui avait cessé à la fois de l'amuser et de l'exciter.

Elle décida d'y mettre fin.

Son pouce à l'ongle rouge, un peu plus long que les autres, abandonna la petite molette de la télécommande et se posa, juste en dessous, sur le bouton.

Qu'il écrasa. D'un geste désinvolte, comme on appuie sur le bouton d'arrêt de son téléviseur.

Dans la même seconde, le corps d'Anne-Marie Morhange se tendit comme un arc et sa bouche s'ouvrit encore plus largement.

Judith Moreau savait que son hurlement, à cet instant précis, avait atteint une violence paroxysmique.

Laetitia elle-même fut saisie de tremblements.

Puis, Anne-Marie Morhange retomba, inerte, le corps et la tête en arrière, comme tout à l'heure, suspendue par les deux anneaux d'acier qui lui arrachaient les seins.

Morte.

Le bouton de la télécommande actionnait une lame de vingt centimètres qui, sur simple pression, jaillissait au bout du godemiché.

Anne-Marie Morhange avait été poignardée.

De l'intérieur.

CHAPITRE XI

Dans l'état de rage où il se trouvait, si Charlie Badolini avait pu fumer en même temps tout un paquet de Job spéciales, il l'aurait fait. Ne tenant plus en place, il arpentait la pièce, longeant le mur situé derrière son bureau Empire comme un fauve en cage.

Boris remarqua que ses talonnettes faisaient un bruit de claquettes. Mais il se retint prudemment de sourire.

— Vous vous rendez compte ? cria pour la vingtième fois au moins le patron de la Brigade Mondaine... Vous vous rendez compte ?...

Corentin, Brichot et Mélanie de Saint-Flour se rendaient compte, en effet, que la situation n'était pas brillante.

Et même, pour tout dire, catastrophique.

Une heure plus tôt, c'est-à-dire vers six heures du matin, un homme qui promenait son chien sur les quais de la Seine, à la hauteur du pont de Tolbiac, avait repéré un corps de femme, flottant à la surface de l'eau.

Il avait foncé au commissariat le plus proche. Vingt minutes plus tard, le cadavre était repêché. Et vingt nouvelles minutes plus tard, après avoir été repêché, il était identifié comme étant celui d'Anne-Marie

Morhange, vingt-quatre ans, dont ses parents avaient signalé la disparition quinze jours plus tôt.

Réveillé par cette nouvelle, Charlie Badolini, fou de rage impuissante, avait immédiatement convoqué dans son bureau Corentin, Brichot, et le lieutenant de police Mélanie de Saint-Flour.

Laquelle pleurait à chaudes larmes, bouleversée par la fin tragique de son amie de lycée.

De temps à autre, Badolini s'arrêtait de marcher pour la regarder, hésitant visiblement entre la compassion et l'agacement. Mais on sentait que ce dernier sentiment était en train de prendre le dessus à vitesse grand V et que, d'une seconde à l'autre, si elle ne cessait pas de pleurnicher, Mélanie de Saint-Flour allait avoir droit à un « remontage de bretelles » en règle.

Dans le genre de celui que venaient d'essuyer les officiers de police Corentin et Brichot.

Badolini, qui n'avait pas encore fini de se soulager, continua sur sa lancée :

— Je n'en reviens pas !... Avant-hier soir, Boris, vous me dites que vous avez rendu visite à cette femme-chirurgien... comment s'appelle-t-elle, déjà ?

— Judith Moreau.

— C'est ça... Et que vous êtes quasi certain qu'elle est derrière toute cette affaire. Et là-dessus, bingo ! un nouveau meurtre ! Car il s'agit bien d'un meurtre, cette fois, je suppose ? Trois accidents mortels dûs au sadomasochisme en huit jours, je sais bien qu'on a affaire à des déjantés du sexe, mais quand même, ça serait un peu gros, comme coïncidence, vous ne croyez pas ?

— En effet, patron, admit Corentin. Malheureusement, si cette Judith Moreau est à l'origine de ces trois meurtres, ce dont je suis en effet quasi certain, je n'ai pour l'instant aucune preuve contre elle. De plus, permettez-moi de vous rappeler qu'outre son métier de chirurgien, elle occupe des fonctions importantes à la Mairie de Paris. Et qu'à ce titre, elle bénéficie d'appuis politiques non négligeables. C'est le genre de cliente avec laquelle il faut marcher sur des œufs.

« Marcher sur des œufs »... C'était l'une des expressions favorites du commissaire divisionnaire Charlie Badolini. Expression que Boris venait d'employer à dessein. Histoire de lui rappeler sans en avoir l'air le nombre de fois où il leur avait recommandé la plus extrême prudence, à lui et à Brichot, dès qu'il avaient affaire à des personnalités politiques.

La tactique de Boris eut l'effet escompté et Badolini se calma un peu.

Provisoirement à court d'arguments, il reporta son énervement sur la jeune stagiaire :

— Et vous, lança-t-il, cessez donc un peu de pleurer. Il faudra avoir les nerfs un peu plus solides, si vous voulez faire carrière dans la police.

Se rendant compte qu'il y était allé un peu fort et que son stagiaire, pour être flic, n'en était pas moins femme, il ajouta, un ton plus bas :

— Nous sommes tous désolés pour votre amie. Mais malheureusement, ce ne sont pas des larmes qui la feront revenir. Essayez plutôt de nous aider à coincer le salaud qui a fait ça. Cette Judith Moreau, en l'occurrence, puisque Boris semble convaincu de sa culpabilité.

Mélanie de Saint-Flour renifla et redressa bravement la tête. Tout en continuant de tamponner ses yeux rouges avec un mouchoir.

— Excusez-moi, fit-elle. Vous avez raison. Quand on a la prétention de faire ce métier, il faut être un peu plus costaud que ça.

Elle haussa les épaules :

— De toute façon, je suppose qu'avec ses habitudes sexuelles particulières, ça risquait de lui arriver un jour ou l'autre, à Anne-Marie…

Les trois hommes se regardèrent, étonnés. Mélanie de Saint-Flour reprenait le dessus beaucoup plus vite qu'ils ne l'auraient cru. Encore un peu, et elle allait dire que sa copine Anne-Marie n'avait eu que ce qu'elle méritait…

— Bon, fit Badolini en se rasseyant derrière son bureau et en allumant une nouvelle Job spéciale. Calmons-nous et tâchons de faire le point.

Il regarda Boris :

— Si je comprends bien, dit-il, le docteur Judith Moreau est parfaitement *clean*, comme on dit à Scotland Yard. Tout au moins en ce qui concerne ses pratiques médicales.

— Complètement, patron. Elle se partage entre sa consultation privée et ses opérations à l'hôpital Cochin. On s'est renseignés : rien que des interventions tout à fait classiques. Et deux fois par semaine, le mardi et le vendredi, elle trouve le temps de passer quelques heures à son bureau de la Mairie de Paris.

Aimé Brichot remonta ses lunettes sur l'arête de son nez.

— C'est peut-être de ce côté-là qu'il faudrait chercher, vous ne croyez pas ? Puisque tout est *clean*, comme vous dites, du côté médical…

— Tu as sans doute raison, Mémé, admit Boris.

Mais les fonctions de Judith Moreau à la Mairie de Paris sont tout ce qu'il y a de plus officielles, transparentes, et je ne vois pas ce qui... Nom de Dieu !

Badolini, Brichot et Mélanie de Saint-Flour avaient sursauté à l'exclamation de Boris.

— À quoi pensez-vous ? demanda Badolini.

— À la clinique ! s'écria Corentin.

— Quelle clinique ? fit Aimé.

— Eh bien, la clinique !... La clinique secrète du docteur Moreau, quoi !

Les trois autres se regardèrent, l'air de se demander si Boris n'avait pas besoin de vacances.

Sans leur donner le temps de faire un commentaire dans ce sens, il continua, se levant et marchant de long en large pour mieux « appuyer » sa démonstration :

— Je résume, en partant du principe que le docteur Judith Moreau est responsable, directement ou indirectement, de ces trois meurtres. D'après les conclusions des légistes, les deux premières mortes, et j'en suis presque sûr, la troisième, ont des causes nécessitant un... « environnement » particulier. Pour tout dire, un environnement médicalisé. Écartèlement, suspension, insertion d'anneaux dans la chair... ce n'est pas le genre de truc qu'on peut faire au coin d'une rue. Il faut un équipement sophistiqué. Et puisque Judith Moreau est médecin... une clinique ! Et puisque, comme on l'a constaté, elle ne fait rien de répréhensible, ni à Cochin, ni chez elle, dans sa consultation privée, c'est qu'elle a un autre endroit. Quelque chose comme une clinique secrète !

Badolini roula des yeux en billes de Loto, derrière la fumée bleue de sa cigarette :

— Une clinique secrète ! Mais vous n'y pensez pas, Boris ! On ne peut pas ouvrir une clinique à Paris, sans que celle-ci soit officiellement répertoriée.

Corentin s'appuya des deux mains au bureau de son supérieur hiérarchique et le fixa droit dans les yeux.

— Vous avez raison, patron… en principe.

— Comment ça, en principe ?

— Oui. Je veux dire qu'en effet, on ne peut pas ouvrir une clinique sans que celle-ci soit déclarée comme telle… À moins de posséder le moyen de faire autrement.

Badolini écrasa sèchement sa Job spéciale dans son énorme cendrier en onyx :

— Expliquez-vous…

— Judith Moreau règne sur un domaine particulièrement envié, à la Mairie de Paris, reprit Boris en recommençant à marcher : celui de l'immobilier. Chacun sait que la Ville de Paris possède un immense parc immobilier, qui compte des centaines d'immeubles et d'appartements vides.

— Qui sont distribués au compte-goutte, et moyennant des loyers ridiculement faibles, aux amis politiques du maire, compléta Brichot.

— Exact, Mémé, fit Boris. Ce qui ne les empêche pas, la plupart du temps, d'être bien entretenus, pour des raisons de spéculation. Si un jour, la Mairie décide de les revendre, il faut qu'ils soient en bon état.

Badolini soupira bruyamment :

— Où voulez-vous en venir, Boris ?

— À ceci, patron : dans la position qu'occupe depuis des années Judith Moreau, il lui est tout à fait possible de soustraire un appartement, voire un immeuble du parc immobilier de la Mairie, à la spéculation, ou au circuit d'affectation habituel. En s'y prenant bien, elle doit même avoir la possibilité de faire disparaître le dossier de cet appartement, ou de cet immeuble, comme s'il n'avait jamais existé. Et du coup, d'en prendre secrètement possession, sans que personne ne soit au courant. Et sans que personne ne lui demande rien, puisque l'immeuble en question n'aura plus aucune existence officielle !

Charlie Badolini eut un geste impatient, qui envoya rouler un petit cylindre de cendre grise sur le revers de son éternel costume bleu pétrole.

— Si votre idée est la bonne, elle comporte un inconvénient majeur, dit-il.

— Laquelle, patron ?

— Comment voulez-vous repérer dans les registres immobiliers de la Mairie un immeuble qui aura cessé d'y figurer ?

Corentin se rassit et réfléchit un instant avant de répondre :

— C'est vrai, patron, vous avez raison. Mais après tout, il y a quand même une chance pour que Judith Moreau, qui est une femme un peu trop sûre d'elle, se soit approprié l'immeuble en question, sans prendre la peine de le faire officiellement disparaître...

Pour la deuxième fois en deux jours, Boris Corentin et Mélanie de Saint-Flour se retrouvèrent devant un écran d'ordinateur, à cliquer inlassablement sur la « souris » pour faire défiler les dossiers.

On était mercredi. Un jour idéal pour se présenter au

département immobilier de la Mairie de Paris sans que Judith Moreau ne l'apprenne, puisqu'elle ne venait pas ce jour-là.

La préposée aux dossiers avait d'abord rechigné, comme il se doit, à les laisser accéder à ces informations confidentielles. Mais Boris lui avait mis sa carte professionnelle sous le nez et elle s'était tout de suite montrée beaucoup plus coopérative.

Régulièrement, Boris et Mélanie échangeaient un regard lourd de sous-entendus, en voyant apparaître, à côté de l'adresse et de la description d'un appartement, le nom d'une personnalité politique connue. Ou d'un membre de sa famille.

— Incroyable ! chuchota Mélanie en désignant l'un de ces noms, qui venait de s'afficher sur l'écran à côté du prix d'un loyer ridiculement bas. Comme s'il n'avait pas les moyens de payer un loyer normal !

— Eh oui ! s'exclama Boris. On vit dans une société de privilèges et de passe-droits. Mais ça a été comme ça de tout temps, à toutes les époques, dans tous les pays et sous tous les régimes. C'est le genre de chose contre laquelle même nous, on ne pourra jamais lutter. Il faut se faire une raison…

Mélanie soupira, devant cette nouvelle brèche dans la forteresse de ses illusions.

Boris continua de cliquer, faisant défiler les dossiers.

— Je crois qu'on peut limiter nos recherches aux immeubles, en laissant tomber les appartements. Après tout, une clinique, même clandestine, ça a besoin de place…

Soudain, Mélanie le regarda, un expression intriguée sur le visage. Corentin avait cessé de faire défiler les pages du dossier immobilier et s'était arrêté sur l'une d'elles. Il cliqua enfin et s'arrêta à nouveau longuement sur la page suivante. Il sembla ainsi manifester un intérêt soutenu pour trois « dossiers » successifs, correspondant à trois immeubles situés dans des quartiers différents de la capitale.

Mélanie pointa un index vers l'écran :

— Ils ont quelque chose de bizarre, ces trois-là ? demanda-t-elle.

— J'en ai l'impression, oui, répondit Boris sans cesser de fixer l'ordinateur. Regarde... D'après ce qui est indiqué les concernant, ces trois immeubles sont inoccupés depuis très longtemps. Ce qui n'est pas si rare, puisque certains immeubles sont simplement entretenus à des fins spéculatives. Mais regarde, là...

Il désigna la dernière ligne de chacune des trois pages. Où figurait à chaque fois la même mention : « Travaux de réfection à prévoir ».

— Et de plus, ajouta Corentin, contrairement aux autres dossiers, ceux-là ne comportent aucune trace de travaux précédents, même lointains.

Il se tourna vers sa partenaire :

— Ce qui, en clair, signifie que ces trois immeubles ont en commun le fait, très exceptionnel, d'être maintenus depuis de longues années dans un état de délabrement avancé, sans être occupés et sans qu'aucune réfection ne soit seulement prévue. Donc, ils ne rapportent pas de loyer et, vu leur état, ne servent pas non plus à la spéculation...

— Et comment tu expliques ça, toi ? demanda Mélanie à voix basse pour ne pas être entendue de la préposée.

Boris fronça les sourcils :

— Pour le moment, je ne l'explique pas, mais j'ai ma petite idée…

Il nota mentalement les trois adresses et éteignit l'ordinateur :

— Je crois qu'une petite visite sur place s'impose. Qu'est-ce que tu en dis ?

— À vos ordres, Commandant, fit Mélanie avec un grand sourire.

Le premier des trois immeubles était situé avenue des Ternes, dans le XVIIe arrondissement. Toutes les fenêtres étaient murées à l'aide de parpaings, ou simplement aveuglées avec des planches clouées les unes contre les autres. Au rez-de-chaussée, il ne subsistait que l'enseigne défraîchie et presque effacée d'un ancien restaurant chinois qui s'était appelé *l'Auberge des Mille Bonheurs*.

À travers la vitre rendue presque opaque par la crasse, on distinguait un sol carrelé, couvert de cartons et de détritus, un comptoir délabré et une salle vide, à l'exception de deux ou trois chaises renversées et abandonnées sur place.

La porte principale de l'immeuble était fermée par une chaîne, munie d'un gros cadenas. À l'aide de son passe, Boris en vint à bout sans trop de difficulté.

En pénétrant à l'intérieur, avant même que leurs yeux ne s'habituent à l'obscurité, leurs narines furent agressées par une puissante odeur d'urine et de déjections plus écœurantes encore.

— Pouah ! fit Mélanie en se bouchant le nez. J'ai

l'impression que les clochards du coin, eux, ont trouvé le moyen d'entrer ici depuis longtemps.

— On dirait, en effet, fit Boris en fronçant les narines.

Ils montèrent les marches et explorèrent plusieurs appartements. Quelques rayons de soleil filtraient ici ou là, à travers les planches disjointes des anciennes fenêtres, projetant une lumière crue sur des déjections immondes, enveloppées dans du papier journal.

— Dis donc, fit Mélanie, si ça c'est une clinique clandestine, moi, je suis la mère abbesse de Port-Royal !

— Tu as raison, admit Corentin. Je crois qu'on peut éliminer celui-là…

Le deuxième immeuble ressemblait à peu de choses près au premier. Sauf qu'il était situé rue des Plantes, dans le XIVe, et qu'aucun restaurant à l'abandon n'occupait son rez-de-chaussée. En revanche, en y pénétrant, Boris et Mélanie retrouvèrent la même odeur écœurante. Là encore, l'exploration des étages ne donna rien.

— En tout cas, fit la jeune stagiaire, ces immeubles soi-disant inoccupés ont au moins l'avantage de servir d'abri à tous les SDF du coin.

— Et de toilettes publiques, ajouta Corentin avec une légère grimace.

En arrivant rue de Budapest, près de la gare Saint-Lazare, ils s'attendaient, avec un début de découragement, à tomber sur un spectacle similaire. Le troisième immeuble de la liste, d'après le dossier de la Mairie, était situé au fond d'une cour, derrière un premier bâtiment.

Quand ils arrivèrent devant la façade en béton, sans fenêtre mais apparemment en bon état, Boris marqua un temps d'arrêt. Il se tourna vers sa partenaire :

— Ça alors ! fit-il. On dirait un atelier. Ou une petite usine. En tout cas, ça n'a pas l'air si délabré que ça… Tu es sûre que c'est là ?

À vrai dire, il n'en doutait pas. Sa prodigieuse mémoire ne le trahissait jamais et c'était plutôt sous l'effet de la surprise qu'il avait posé la question. Pour la forme.

Mélanie de Saint-Flour, qui n'avait pas la mémoire de Boris, jeta un coup d'œil rapide au petit carnet où elle avait noté les trois adresses.

— C'est bien là, dit-elle.

Corentin s'approcha de la grande porte métallique. Qui, elle, avait l'air carrément neuve. Son regard s'arrêta sur le clavier mural chromé, à hauteur d'homme.

— Il y a un code d'entrée, fit-il, mais pas de nom et pas de plaque professionnelle. Bizarre, ça…

— À moins que cette fois, les clochards du coin aient fait installer un système de sécurité électronique pour protéger leurs lieux d'aisance… plaisanta Mélanie.

Boris sourit et haussa les épaules :

— C'est malin…

Il regarda sa montre :

— Les bureaux de la Mairie de Paris sont encore

ouverts… On y retourne. Il faut qu'on en sache un peu plus sur cet immeuble soi-disant inoccupé et délabré.

— Et qui n'a l'air ni l'un ni l'autre, fit Mélanie.

La préposée qui leur avait donné accès aux fichiers informatiques, regarda la pendule en maugréant :

— C'est qu'il est déjà cinq heures moins cinq, annonça-t-elle. On a pratiquement fini notre journée. Vous ne pourriez pas revenir demain ?

Boris la fixa d'un regard sévère, puis se ravisant aussitôt, il décida de jouer sa carte maîtresse : son charme irrésistible…

— Bien sûr, Madame, on pourrait revenir demain. Mais, voyez-vous, il s'agit d'une affaire extrêmement grave et ça m'ennuierait d'être obligé de déranger à nouveau votre planning. D'autant plus que vos responsabilités dans ce service doivent sûrement vous contraindre à des acrobaties d'emploi du temps, alors autant régler ce problème tout de suite, non ?

La préposée fit mine d'hésiter puis soupira.

— Bon, d'accord, fit-elle, vaincue par cet assaut d'amabilité. Attendez, je reviens dans une minute…

Malheureusement, le fichier informatique ne contenait, concernant l'immeuble de la rue de Budapest, aucun autre renseignement que ceux qu'ils avaient déjà notés. Du coup, Boris revint à la charge auprès de la fonctionnaire qui, ravie de l'importance que lui reconnaissait ce beau flic au sourire ravageur, lui expliqua complaisamment que les fichiers d'ordinateurs ne contenaient que les informations récentes, c'est-à-dire postérieures à l'informatisation du service. Tout ce qui datait d'avant était dans des dossiers cartonnés, « à l'ancienne », entreposés dans une salle spéciale. Bien sûr, elle ne demandait pas mieux, malgré l'heure avancée, que d'aller chercher le dossier en question…

Elle disparut à nouveau et réapparut au bout de quelques instants, avec une chemise à rabats, qu'elle tendit à Corentin.

Mélanie et lui allèrent s'installer à une petite table, un peu plus loin, par souci de discrétion.

Le dossier ne contenait qu'une seule feuille, tapée sur une ancienne machine à écrire.

Boris ne mit pas plus de quelques secondes à la parcourir du regard.

— Nom de Dieu ! fit-il. Regarde !

La jeune femme se pencha vers la ligne que Corentin désignait du doigt.

Et son visage s'illumina :

— Cette fois, fit-elle, je crois qu'on a décroché la timbale !

« Autorisation de démolir refusée le 8 août 1991 », indiquait le dossier.

Et c'était signé : Judith Moreau, responsable secteur immobilier Mairie de Paris.

Le jour commençait à décliner quand Boris et Mélanie se présentèrent pour la deuxième fois devant la porte métallique, soigneusement défendue par son code d'accès. Avec la chaleur et pas un souffle de vent, l'air était pesant, presque figé…

Sans illusions, Corentin tapa quelques codes au hasard. Mais rien ne bougea.

Soudain, il s'immobilisa. En arrêt, comme un chien de chasse. Et se mit à renifler.

— Tu as attrapé froid ? demanda Mélanie.

Boris leva une main pour l'inciter à se taire et ménager sa concentration.

— Tu ne sens rien ? dit-il.

La jeune femme renifla à son tour.

— Non... rien.

— C'est très léger... presque imperceptible... comme une trace qui traîne encore dans l'air...

— Une trace de quoi ?

— Une trace de parfum ! fit Boris... Je le reconnaîtrais n'importe où.

— Quel parfum ?

— Celui de la Reine... Celui de Judith Moreau...

Il prit Mélanie par les épaules et plongea son regard dans le sien :

— Elle est passée ici il y a quelques instants, fit-il d'une voix sourde.

Mélanie de Saint-Flour ouvrit des yeux ronds :

— Tu veux dire que...

— Oui, fit Boris en se retournant vers le bâtiment surmonté de l'immense verrière remise à neuf. La clinique secrète du docteur Judith Moreau existe bel et bien... Et elle se trouve derrière cette porte.

CHAPITRE XII

Aimé Brichot tortilla nerveusement, du bout des doigts, la pointe de sa petite moustache blonde. Il avait du mal à surmonter la profonde sensation de malaise que créait chez lui tout ce que l'homme était en train de lui raconter.

Un homme jeune – vingt-deux ans à peine – qui était assis en face de lui, dans le bureau des Affaires Recommandées.

À la place habituelle de Boris Corentin.

Il s'appelait Laurent Desalte. Brichot et Tardet lui avaient mis la main dessus un peu par hasard, à force de faire le tour des boîtes SM de la capitale. Au *Donjon*, ils étaient tombés sur l'un des indicateurs habituels de Tardet et l'avaient questionné pour savoir s'il n'aurait pas entendu parler d'un certain docteur Judith Moreau, et d'une clinique plus ou moins clandestine où elle pratiquerait des « traitements » SM extrêmement poussés. L'indic n'avait pas tardé à leur confirmer l'existence de ce « centre de soins » bien particulier que dirigeait, en effet, d'après ce qu'on lui avait dit, une femme. Mais il affirmait ignorer l'adresse de la clinique en question et le nom de cette femme qu'il n'avait jamais vue.

En revanche, il connaissait un type qui la connaissait. Et qui avait pénétré dans son établissement pour y subir l'un de ses fameux « traitements ». Un certain Laurent Desalte.

— Je l'ai croisé ici hier soir, avait-il dit. Il m'a fait peur. Un vrai cadavre ! On aurait dit qu'il revenait de l'enfer !

Il est resté au bar toute la soirée, à se saouler la gueule. Et il n'a participé à aucune des... activités maison, si vous voyez ce que je veux dire.

Brichot et Tardet voyaient très bien. Mais ils n'étaient pas là pour s'initier aux joies obscures du sadomasochisme. En revanche, ils avaient soudain éprouvé une irrésistible envie de faire la connaissance de ce Laurent Desalte.

L'indic avait haussé les épaules :

— Il est là presque tous les soirs. D'ailleurs, c'est son heure. Il ne devrait plus tarder.

Effectivement, un quart d'heure plus tard, un garçon d'une vingtaine d'années, correspondant à la description que leur en avait faite l'indic, faisait son entrée dans la boîte.

Il était allé droit au bar et s'était planté sur un tabouret en commandant un double bourbon d'une voix lasse.

Même si l'indicateur de Tardet ne leur avait pas fait un « portrait parlé » du garçon, Brichot et son coéquipier l'auraient reconnu au premier coup d'œil.

Il était d'une pâleur cadavérique, une barbe de plusieurs jours dévorant son visage creusé. Quand il s'empara de son verre, Brichot et Tardet remarquèrent que sa main tremblait légèrement.

Ils avaient marché droit sur lui, l'entourant dans un réflexe policier pour le cas où il tenterait de prendre la fuite.

Mais de toute évidence, Laurent Desalte n'était pas en état de jouer les héros. Et n'en avait aucune envie.

Il n'avait fait aucune difficulté pour se laisser emmener.

Depuis une heure, Aimé Brichot écoutait son récit, en se sentant de plus en plus mal à l'aise. Le début était relativement banal. Desalte lui avait fait un résumé de sa vie, de ses aventures sexuelles de jeune « bourge friqué », et en était arrivé à raconter son penchant pour le sadomasochisme. Lequel penchant l'avait tout naturellement conduit à vouloir essayer ce qui existait de mieux, de plus sophistiqué, mais aussi de plus *hard* dans ce domaine.

C'est-à-dire les services du docteur Judith Moreau.

Il s'était littéralement effondré sur le bureau de Boris Corentin, quand il avait commencé à raconter les différentes étapes du « traitement » que lui avait « prescrit » le chef de clinique.

Sans omettre le moindre détail.

À croire qu'il cherchait à se fustiger lui-même («encore un réflexe sadomaso », pensa Brichot) pour avoir eu la bêtise et l'imprudence de se livrer, pieds et poings liés, entre les griffes de cette folle.

Car Judith Moreau, tout chirurgien qu'elle était, était folle à lier.

Aimé Brichot en était de plus en plus persuadé, à mesure que le garçon avançait dans son récit.

Et que sa propre sensation de malaise grandissait.

Laurent Desalte pleurait à présent comme un gamin, en évoquant la dernière étape du « traitement » : le *lap-dancing* que lui avait infligé la strip-teaseuse pour le faire s'ériger à tout prix, et même malgré lui, alors qu'un anneau étroit emprisonnait la partie la plus délicate de sa virilité.

— Vous comprenez, gémit-il à travers ses larmes, elle était tellement belle, tellement… Quand elle s'est mise à se frotter contre moi… Je n'ai pas pu résister. Ça me faisait un mal atroce, bien pire que tout ce que j'avais subi avant… Je ne voulais pas bander… Je ne voulais pas… Mais mon corps réagissait malgré moi, et… avec cet anneau…

Ses sanglots redoublèrent.

— Elle m'a mutilé à vie ! cria-t-il soudain. Cette salope m'a mutilé ! Elle fait de moi un infirme ! Regardez !

Dans un réflexe, Aimé Brichot tendit la main pour dire que ce n'était pas la peine, qu'il le croyait sur parole.

Mais Laurent Desalte ne lui en laissa pas le temps. Avant qu'Aimé ait pu faire quoi que ce soit pour l'en empêcher, il s'était mis debout et avait baissé son pantalon et son caleçon.

Aimé Brichot, qui en avait pourtant vu d'autres, ne put retenir une grimace horrifiée devant le spectacle qu'il avait sous les yeux.

Au bout de son membre recroquevillé, Laurent Desalte n'avait plus qu'une sorte de petit moignon rougeâtre et purulent, une plaie affreuse qui semblait ne jamais devoir cicatriser.

Brichot détourna pudiquement le regard avec un hochement de tête compatissant.

« Oui, pensa-t-il, cette femme est folle. Folle à tuer. Ça ne fait plus l'ombre d'un doute. Et terriblement dangereuse, en plus. »

— Écoutez, fit-il quand Desalte se fut rajusté et rassis, je ne comprends pas que vous ne soyez pas allé directement à l'hôpital. Vous avez besoin d'être soigné. Et de toute urgence.

Le garçon s'était remis à sangloter :

— Oui, dit-il, mais... comment dire ?... J'avais honte... Tellement honte ! je ne supportais pas l'idée qu'on me voie comme ça.

— C'est ridicule, fit Brichot, les médecins en ont sûrement vu d'autres. Ils vous administreront les soins appropriés. Si vous ne faites rien, vous risquez vraiment d'être mutilé à vie, croyez moi.

Il tendit la main vers le téléphone avec l'intention d'appeler une ambulance. Puis se ravisa. Son réflexe humanitaire attendrait encore une minute ou deux. Le temps d'obtenir de Laurent Desalte les derniers renseignements dont il avait besoin.

Là non plus, le garçon ne fit aucune difficulté. Il n'avait plus qu'une envie, plus qu'un désir : se venger de Judith Moreau par tous les moyens. Et le fait de la « balancer » aux flics était un excellent moyen.

Aimé Brichot nota soigneusement l'adresse exacte de la clinique, son numéro d'appel, les phrases codées qu'il fallait utiliser pour obtenir un rendez-vous avec Judith Moreau, et enfin, le code d'accès de la porte d'entrée.

Puis, il avança à nouveau la main vers le téléphone,

pour faire transférer Laurent Desalte d'urgence à l'hôpital.

Une fois encore, son geste fut interrompu.

Mais cette fois, par le téléphone lui-même, qui se mit à sonner au moment précis où Brichot posait la main dessus.

C'était Boris.

— Ah, c'est toi, fit Aimé, rayonnant de satisfaction à l'idée de pouvoir annoncer la grande nouvelle à sa flèche [1]. Tiens-toi bien : depuis une minute, je sais exactement où se trouve la fameuse clinique !

— Moi aussi, fit Boris. Depuis un quart d'heure.

*

* *

Maxime Lemonnier passa de longues minutes à raidir au séchoir et à la brosse ronde les cheveux de Boris Corentin.

Lesquels, par la magie d'une teinture appropriée, étaient devenus d'une blondeur tirant sur le jaune paille.

On les avait, en outre, coupés très court sur la nuque et les tempes.

Maxime Lemonnier, un spécialiste des teintures qui travaillait régulièrement avec les services spéciaux, avait fait subir le même traitement aux sourcils de Boris, devenus eux aussi jaune paille.

Un autre spécialiste, en maquillage, celui-là, avait rendu Boris méconnaissable en transformant son visage.

---

1. Le premier des deux, dans une équipe de policiers.

Mais en le transformant de l'intérieur.

Il avait commencé par lui introduire dans les narines deux petits tubes de plastique destinés à rendre son nez plus fort, plus large, presque épaté. Il avait procédé d'une manière similaire avec la mâchoire, glissant dans la bouche, devant les gencives inférieures, un tube plus long qui, par son épaisseur, rendait Boris presque prognathe.

À la fin, satisfait de son travail, il avait lancé avec une pointe de fierté :

— C'est exactement comme ça que Marlon Brando s'est transformé pour jouer *Le Parrain !*

Aimé Brichot avait ricané :

— Malheureusement pour toi, mon pauvre Boris, même si tu est génial dans le rôle, tu n'auras jamais droit à un Oscar.

— Et encore moins à un cachet de dix millions de dollars, avait sombrement conclu Corentin, en songeant à son modeste salaire de flic.

En tortillant des fesses, Maxime Lemonnier s'écarta de Boris, son séchoir en l'air.

— Eh bien, je crois que c'est assez réussi, fit-il.

Corentin s'examina dans la glace de la salle de coiffure, maquillage et transformations en tout genre, que la DST avait obligeamment – et exceptionnellement – mise à la disposition de la Mondaine.

Effectivement, c'était assez réussi. Et même très réussi.

Avec son nez de boxeur et sa mâchoire de videur de boîte de nuit, Boris était méconnaissable. Parachevant le tout, ses cheveux lisses et blond paille plaqués en arrière lui donnaient des allures de baroudeur endurci, le genre légionnaire… ou mercenaire.

C'était d'ailleurs un passé de légionnaire qu'on avait décidé de lui inventer pour la circonstance. De légionnaire alsacien, d'origine germanique. Dans ce but, on lui appliqua la touche finale en transformant, à l'aide de lentilles de contact, ses yeux noirs en un regard bleu acier.

L'effet était vraiment saisissant. Sa propre mère ne l'aurait pas reconnu.

Mais elle aurait reconnu le son de sa voix.

Et Judith Moreau aussi, que Boris était venu interviewer chez elle, en compagnie d'Aimé Brichot.

Debout autour de Boris et de son coiffeur, Charlie Badolini, Aimé Brichot et Mélanie de Saint-Flour pensaient tous la même chose.

À savoir que Judith Moreau était tout sauf stupide, et que dès que Boris ouvrirait la bouche devant elle, elle le reconnaîtrait.

Au premier coup d'oreille, si l'on pouvait dire.

Or, il fallait absolument que Corentin se retrouve face à elle, dans sa clinique, et se fasse passer pour un client. Il fallait qu'il la fasse parler, de façon à ce que, grâce à un micro caché sur sa personne, on puisse enregistrer les aveux involontaires de Judith Moreau. Laquelle se trahirait fatalement à ce moment-là.

Il fallait donc que Boris demande à subir l'un de ses « traitements » spéciaux. Et qu'ensuite, il le subisse jusqu'à l'instant où la situation constituerait un flagrant délit – un flag, dans l'argot policier – suffisant pour permettre de l'arrêter. Et – ajouté à ses aveux enregistrés – de la condamner

En espérant pour Corentin que ce moment crucial arriverait aussi vite que possible.

Parce que pour l'instant, ils n'avaient rien contre Judith Moreau. Officiellement, en tout cas. À part, bien sûr, le témoignage de Laurent Desalte. Mais celui-ci, même s'il était terrible, pourrait toujours être réfuté par Judith Moreau et par ses avocats. Qui n'auraient pas trop de mal à faire passer Laurent Desalte pour un déséquilibré et un affabulateur.

Qui une cour de justice croirait-elle ? Un sadomasochiste qui se fait enserrer le gland dans un anneau de métal pour le plaisir… ou un éminent chirurgien, exerçant en outre de lourdes responsabilités à la Mairie de Paris, et doté de solides appuis politiques, par surcroît ?

Il ne fallait pas plus de quelques secondes pour répondre à cette question.

Et ni la mort d'Alicia Gonçalves, ni celle de Julie Desclaux, ni celle d'Anne-Marie Morhange ne pouvaient être officiellement imputées à Judith Moreau. Le chef de clinique avait pris ses précautions, et celles-ci s'étaient révélées efficaces. Jusque dans le maquillage de la Safrane bleu marine par Gérard Bourgoin, et la fausse identité de Sali Alia.

Alors, après avoir retourné le problème dans tous le sens, Badolini, Brichot, Corentin et Mélanie avaient bien été obligés de conclure que la seule solution possible était le flag.

Avec tous les dangers que ça comportait pour celui qui irait se jeter dans la gueule du loup.

Ou plutôt, de la louve…

D'où la séance de maquillage.

Ce n'était qu'une fois celle-ci pratiquement terminée que l'évidence leur avait sauté aux yeux, à tous.

Au premier mot que prononcerait Boris, il se trahirait.

Quant à prendre un accent allemand ou alsacien, il ne fallait pas y penser. Ce genre d'imitation avait toujours un petit côté caricatural, quand ça n'était pas authentique. Et de toute façon, ça ne changeait pas le timbre de la voix.

— Je crois que j'ai trouvé !

C'était Mélanie de Saint-Flour qui venait de parler. Tout le monde se tourna vers la jeune femme.

Badolini soupira :

— Eh bien, Mademoiselle, si vous avez une idée, elle sera la bienvenue… Nous vous écoutons.

— Puisque Boris… je veux dire le commandant Corentin, ne peut pas parler sans se trahir, c'est très simple : il n'a qu'à se taire !

Boris laissa échapper un petit rire désabusé :

— Moi, je veux bien, dit-il, mais la conversation avec Judith Moreau va tourner court. Et je vous rappelle qu'il s'agit avant tout de la faire parler.

— Bien sûr, continua Mélanie de Saint-Flour, sa voix montant d'une note sous l'effet de l'excitation. Dans ce cas, il suffit que quelqu'un d'autre parle à votre place !

— Ah bon ? fit Badolini. Et qui ça, Mademoiselle ?

— Moi.

Les trois hommes ouvrirent des yeux ronds, sous l'effet de la stupeur.

— Vous ? fit enfin Aimé Brichot. Mais vous n'y pensez pas !

Mélanie se tourna vers Aimé, les poings sur les hanches :

— Ah bon ? Et pourquoi ça, capitaine Brichot, je vous prie ?

— Mais parce que... bredouilla Aimé, parce que... c'est beaucoup trop dangereux, voilà tout.

— Brichot a raison, Mademoiselle, intervint Badolini. Vous avez encore trop peu d'expérience, et ce genre de mission...

Elle l'interrompit rouge de colère :

— Ce genre de mission est trop risquée pour quelqu'un comme moi, c'est ce que vous alliez dire ? Parce que je ne suis qu'une gosse de bourgeois, que je suis une nouvelle recrue et... et surtout, parce que je suis une fille, c'est ça ?

— Mais non, se défendit maladroitement Badolini, ce n'est pas ce que j'ai voulu dire. Mais enfin...

Sans lui laisser le temps de finir, Mélanie de Saint-Flour se laissa tomber aux pieds de Boris, les mains sur ses genoux.

— Commandant, quand vous avez emmené Aimé Brichot à ma place interroger Judith Moreau, vous avez justifié cette mise à l'écart en m'expliquant que je manquais d'expérience. Ce n'est pas en continuant à me laisser en dehors de tout que je vais l'acquérir !

Elle accentua insensiblement la pression de ses mains sur les genoux de Boris :

— D'autre part, vous m'avez donné votre parole que vous me revaudriez ça d'une façon ou d'une autre. Je crois que le moment est venu de tenir votre promesse.

Comprenant brusquement que sa position risquait de mettre la puce à l'oreille de Badolini, concernant la nature de ses relations avec Corentin, elle se redressa. Et continua, d'une voix beaucoup plus posée :

— Le plan que je vous propose est très simple, et

vous allez voir qu'il tient debout. On va chez Judith Moreau en se présentant comme un couple…

Elle rougit imperceptiblement, ce que personne, à part Boris, ne sembla remarquer.

— Je lui explique qu'à la suite d'une blessure de guerre quelque part en Afrique, vous avez perdu l'usage de vos cordes vocales, ce qui vous dispense d'ouvrir la bouche. Je lui raconte ensuite que vous êtes un adepte du SM, et que vous mourez d'envie d'être initié à ses fameux traitements, depuis que vous en avez entendu parler. Moi, je ne fais que vous accompagner, parce que vous avez insisté pour que j'assiste à tout. Mais en spectatrice seulement. Ce qui m'évitera, à moi, d'avoir à me déshabiller… Non pas par fausse pudeur, mais parce que c'est sur moi que sera caché le micro.

Corentin et Brichot se regardèrent.

— Ce n'est pas bête, en effet, fit Brichot. Avoue qu'on n'avait pas pensé à ça.

— Effectivement, admit Corentin… Si on doit cacher un micro sur quelqu'un, il vaudrait mieux que cette personne ne soit pas obligée de se déshabiller… Et moi, j'ai bien peur que les ordonnances du docteur Moreau ne me permette pas de garder mes vêtements…

Charlie Badolini eut une violente quinte de toux.

— Et vous êtes vraiment certain, fit-il en regardant Boris, que vous ne pourriez pas faire équipe avec Brichot ?

Mélanie de Saint-Flour se planta devant lui avec un sourire féroce.

— Pourquoi pas ? dit-elle. Si vous tenez à faire passer vos deux inspecteurs préférés pour un couple d'homosexuels !

Badolini ouvrit des yeux horrifiés à cette seule perspective.

Et Mélanie de Saint-Flour sut qu'elle avait gagné.

Le droit de risquer sa vie.

CHAPITRE XIII

Des flammes dansaient dans les yeux verts de Judith Moreau. Des flammes de désir, allumées par le double spectacle qu'elle avait devant elle.

Celui d'un homme qui avait l'air d'être bâti en acier trempé. Et d'une fille superbe, dont la veste de lin rouge largement ouverte et la minijupe, rouge également, révélaient un corps de déesse.

Et elle ne se gênait pas pour les détailler, l'un et l'autre, avec une insistance qui aurait fait rougir n'importe qui.

Mais pas ces deux-là. Ce qui était bon signe pour la suite. Bien que nettement plus attirée par les hommes, Judith Moreau avait toujours été bisexuelle. Ce qui, d'ailleurs, était à ses yeux la base de toute sexualité véritablement épanouie.

Judith Moreau arracha à grand-peine son regard des jambes interminables de Mélanie de Saint-Flour. Elle s'arrêta un instant sur le tee-shirt noir que tendait une poitrine voluptueuse, et revint enfin au visage de son interlocutrice.

Sur les lèvres de laquelle flottait un sourire où se devinait une pointe d'orgueil, en constatant l'effet qu'elle faisait au docteur Moreau.

— Alors comme ça, fit-elle d'une voix légèrement rauque, il ne peut plus parler.

Boris fit « non » de la tête, histoire de montrer au passage qu'il n'était pas sourd pour autant, et que malgré le prénom allemand qu'il avait adopté pour la circonstance, il comprenait le français. Et qu'on pouvait donc aussi s'adresser à lui.

— Non, fit Mélanie de Saint-Flour, Hans a reçu une balle, pendant un affrontement avec les révolutionnaires de Sierra Leone. Il était au service du gouvernement officiel, à cette époque. À un millimètre près, c'était la carotide qui prenait et il était mort.

Judith Moreau considéra ce Hans avec un regard gourmand.

— C'eût été dommage, fit-elle.

Au passage, son œil s'arrêta sur la cicatrice qu'il portait à la base du cou. Elle était rosâtre, en zigzag, et formait un repli de peau assez vilain à regarder.

Le maquilleur de Boris s'était surpassé.

— Ça doit être toutes ces années passées à se battre, enchaîna Mélanie… À souffrir et à faire souffrir. Il y a pris goût…

Discrètement, elle referma un peu les pans de sa veste en lin. Précaution inutile. Le fil du micro qu'elle portait sur elle était soigneusement cousu à l'intérieur de son tee-shirt noir. Qu'on avait choisi en épais coton, pour éviter qu'on puisse voir au travers.

Mélanie se surprenait elle-même par son calme. Depuis le début de la « consultation préliminaire », elle menait la conversation en gardant la tête parfaitement froide.

Elle n'avait eu peur qu'au tout début, quand ils

étaient entrés, Boris et elle, dans le bureau du docteur Moreau. Elle était bien placée pour connaître l'instinct des femmes, leur fameux sixième sens. Et un frisson glacial lui avait parcouru la colonne vertébrale quand Judith Moreau avait fixé Boris pendant de longues secondes, le visage figé. Comme si elle avait soudain la sensation de l'avoir déjà vu.

Et puis, elle avait dû se dire que non. Et s'était détendue.

Mélanie aussi, par la même occasion.

Ensuite, on était passé aux détails financiers. Boris avait prévu le coup et arraché à Charlie Badolini une somme de quarante mille francs, en liquide, prélevée sur les « indemnités spéciales de fonctionnement » [1]. Avec la promesse de récupérer cet argent, une fois l'opération terminée.

— Et vous, fit soudain Judith Moreau en regardant Mélanie, ce genre d'expérience ne vous tente pas ?

La jeune femme sourit d'un air modeste.

— Oh, fit-elle, bien sûr, Hans m'a initiée au SM... classique, si je puis dire. Mais je ne me sens pas encore le courage, ni l'envie, d'aller plus loin.

— Dommage, fit Judith Moreau avec un drôle de sourire. Une prochaine fois, peut-être.

— Une prochaine fois, sûrement, répondit Mélanie.

En pensant très fort que, si tout se passait bien, il n'y aurait pas de prochaine fois. Ni pour elle, ni pour le docteur Moreau. Plus jamais.

— Mais dites-moi, docteur, reprit-elle, je suis tout de même un peu inquiète. Je crois savoir que vos trai-

1. Réservées aux enquêteurs spécialisés de la Police Judiciaire.

tements sont extrêmement poussés. Êtes-vous certaine qu'il n'y a pas de risque ?

Elle connaissait trop bien la réponse. Mais il s'agissait à présent de faire parler Judith Moreau. De la lancer sur son sujet de prédilection en espérant que, entraînée par son enthousiasme, elle se trahirait.

— Mademoiselle, fit le chef de clinique, n'oubliez pas que je suis médecin. Et que je suis capable de faire une évaluation exacte de ce qu'un individu est capable de subir.

Elle ajouta avec un sourire féroce :

— Cette capacité est d'ailleurs supérieure à ce qu'il croit lui-même, la plupart du temps. Et mon rôle, ici, consiste justement à lui faire repousser ses propres limites. À lui permettre de découvrir des territoires inexplorés, en quelque sorte.

— Et il n'y a jamais, enfin... d'accidents ?

Le visage de Judith Moreau s'assombrit fugitivement. Pendant une fraction de seconde, elle regarda Mélanie d'un air soupçonneux, comme si elle avait deviné qu'elle savait quelque chose. Et puis, elle retrouva toute sa maîtrise d'elle-même.

— Rarement, fit-elle. Et jamais rien de grave. D'ailleurs, à ce propos, je vous demanderai à tous les deux de me signer une décharge, afin de dégager ma responsabilité en cas de... problème. Mais rassurez-vous : si le moindre incident devait se produire, il y a ici un personnel médical hautement qualifié, qui interviendrait immédiatement.

« C'est ça, pensa Mélanie... Comme pour Alicia Gonçalves, Julie Desclaux... et ma copine Anne-Marie Morhange. »

Elle serra discrètement les poings. Mais se domina. Ce n'était pas le moment de perdre son sang-froid.

— Bien, fit-elle. Dans ce cas, docteur, quel traitement comptez-vous prescrire à Hans ?

Judith Moreau se remit à détailler Boris de haut en bas. Et puis son regard, encore une fois, s'arrêta au bas de son ventre, là où son pantalon semblait recéler un objet au volume impressionnant. Même au repos.

Elle pointa un index à l'ongle rouge en direction du point névralgique qui semblait l'obnubiler.

— Là… Votre ami Hans est un homme fort, musclé, puissant… Et à tous les sens du terme, j'imagine, dit-elle en lançant à Mélanie un regard à la fois complice et envieux. Cette virilité d'exception qui est la sienne constitue donc son point fort, son arme, sa lance d'amour, celle qui tant de fois, je le sais, vous a transpercé le ventre et fait mourir de plaisir… Et j'imagine aussi qu'il doit être particulièrement bien doté par la nature. Je me trompe ?

— Non, lâcha froidement Mélanie de Saint-Flour en s'efforçant de rester imperturbable.

— Eh bien, continua le docteur Moreau, c'est par là qu'il doit souffrir. Afin de connaître, au travers de cet instrument qui est le sien, une jouissance nouvelle, obscure et sans limite, insoupçonnable… et qu'il pourra ensuite vous transmettre à travers l'acte sexuel, parce que sa lance d'amour sera investie d'une nouvelle force. D'une force dépassant la simple et banale puissance virile !

À mesure qu'elle parlait, sa voix était devenue étrange, presque hallucinée, prenant des allures incantatoires.

Boris restait de marbre. Mélanie et lui échangèrent un regard rapide, comme pour approuver ce que venait de dire Judith Moreau. Un regard qui ne trahissait pas le moindre sentiment.

Mais ils savaient tous les deux qu'ils pensaient la même chose.

Judith Moreau était une déséquilibrée de l'espèce la plus dangereuse.

Et l'enregistrement de sa dernière tirade devrait suffire à en convaincre n'importe quel magistrat.

*

* *

Aimé Brichot s'épongea le front à l'aide du grand mouchoir à carreaux qui ne le quittait jamais. Depuis que Boris et Mélanie étaient arrivés à la clinique de Judith Moreau, il était installé, en compagnie de Rabert et Tardet, dans un « sous-marin » garé devant l'immeuble de la rue de Budapest.

En d'autres termes, dans une camionnette spécialement aménagée à l'aide de tout un équipement électronique de surveillance, système d'écoute et enregistrement. Et même équipée de toilettes, pour les planques prolongées.

Depuis quelque temps, les « sous-marins » de la Préfecture avaient même droit à l'air conditionné. De pétitions en réclamations, les hommes avaient fini par obtenir cette petite option supplémentaire, après que des générations de flics aient cuit à l'étouffée dans ces boîtes de conserve qui, en plein été, se transformaient en fours à micro-ondes.

Si Aimé Brichot transpirait, ce n'était donc pas à cause de la température. Mais à cause de l'angoisse qu'il sentait monter en lui en écoutant, grâce au micro de Mélanie, le discours de Judith Moreau.

Parce que plus cette femme avançait dans son délire verbal, plus Aimé sentait que son ami Boris allait au devant de sévices terribles. Et il n'était pas du tout persuadé que la jeune Mélanie de Saint-Flour, malgré sa bonne volonté, soit de taille, le moment venu, à maîtriser cette folle furieuse.

Bien sûr, il était là, prêt à intervenir, avec Rabert et Tardet, plus une vingtaine d'hommes de la Mondaine, appelés en renfort, et qui attendaient dans les rues voisines.

Mais tout était une question de timing. S'ils donnaient l'assaut trop tôt, le flagrant délit ne pourrait pas être constaté et Judith Moreau s'en tirerait.

Trop tard… c'est Boris Corentin qui risquait de ne pas s'en tirer.

Ça allait être du millimètre-seconde…

*

* *

Boris – ou plutôt Hans – s'était laissé déshabiller par les doigts experts de Laetitia, la sculpturale infirmière-chef à laquelle Judith Moreau faisait toute confiance.

Le chef de clinique avait invité Mélanie à assister au « traitement » en sa compagnie, dans son cabinet secret, derrière la glace sans tain.

Un privilège qu'elle n'avait encore jamais accordé à

un client. Mais la jeune femme lui faisait presque autant d'effet que le mercenaire bâti comme un athlète. Et faute de pouvoir approcher ce dernier – ce qu'elle s'interdisait toujours avec les « patients » –, elle aurait sa compagne sous la main.

Au sens littéral du terme, d'ailleurs, puisqu'elle s'empressa de poser la main sur la nuque de Mélanie, dès qu'elles furent toutes les deux installées devant la glace.

La jeune stagiaire maîtrisa un frisson de dégoût et fit comme si ce contact ne la dérangeait pas.

D'ailleurs, c'était plutôt le parfum de Judith Moreau qui la dérangeait. Une fragrance lourde, sirupeuse et entêtante. Qui, concentrée dans cet espace confiné, lui donnait légèrement mal au cœur.

En tout cas, elle comprenait pourquoi Boris, après sa première rencontre avec Judith Moreau, avait gardé le souvenir de ce parfum. Il était inoubliable, en effet. À tous les sens du terme. Pas étonnant que son flair en ait repéré la trace, même à l'extérieur de la clinique...

Mélanie tâcha d'oublier cette odeur qui lui tournait la tête et se concentra sur sa mission.

— Vous avez plusieurs salles d'op comme celle-là, ici ? demanda-t-elle.

— Oui, fit Judith Moreau. Trois.

— Et celle-ci, c'est laquelle ?

— La numéro deux.

Mélanie de Saint-Flour posait ces questions à l'intention exclusive d'Aimé Brichot. Pour que lui et ses hommes puissent se repérer, tout à l'heure, au moment de l'assaut.

— C'est drôle, demanda-t-elle encore sur un ton

aussi candide que possible, je croyais que dans les cliniques, les salles d'op étaient toujours au sous-sol. Et ici, nous sommes au premier étage. Comment ça se fait ?

— C'est à cause de l'architecture du bâtiment, répondit Judith Moreau, apparemment sans se douter de rien. Ça n'a pas toujours été une clinique, donc ça n'a pas été conçu comme telle.

Elle accentua imperceptiblement la pression de sa main sur la nuque de la jeune femme. En la griffant très légèrement du bout de l'ongle :

— Mais qu'est-ce que ça peut vous faire… petite curieuse ?

— Oh rien, s'empressa de répondre Mélanie… Rien du tout. Je demandais ça comme ça.

— Occupez-vous plutôt de ce qui se passe dans la salle d'opération, fit Judith Moreau. C'est autrement plus intéressant.

— C'est vrai, convint Mélanie.

Effectivement, le spectacle avait de quoi fasciner.

Boris était à présent allongé de tout son long sur la table d'acier chromé.

Entièrement nu.

Il s'était laissé faire quand Laetitia lui avait emprisonné les chevilles et les poignets dans des bracelets de métal reliés à de longues chaînes, lesquelles allaient se perdre dans un système complexe de palans et de poulies fixé au plafond. Le tout, sous la grosse lampe chirurgicale ronde, dont la puissance était réduite au minimum.

Enfin, au moyen d'un système de leviers contrôlés électroniquement depuis une sorte de tableau de bord, l'infirmière tendit les chaînes au maximum, conduisant Boris au bord de l'écartèlement.

— Ça ira comme ça pour l'instant, Laetitia, fit Judith Moreau dans son micro. La suite, à présent.

De l'autre côté de la vitre, l'infirmière blonde eut un petit hochement de tête et s'approcha de Boris.

Au niveau du centre de lui-même.

Après avoir enfilé des gants de chirurgie, elle fixa un premier anneau d'acier autour des testicules de Boris. L'anneau fonctionnait comme un bracelet de menottes. Avec une petite crémaillère qu'il suffisait de serrer à fond d'une pression de la main, pour qu'il devienne impossible à enlever. Sauf au moyen d'une clé, puisque l'anneau comportait également une petite serrure.

Boris ne put retenir une grimace de douleur, quand Laetitia serra l'anneau à fond, sans ménagement.

Grimace qui n'échappa pas à Judith Moreau.

— Au fait, demanda-t-elle d'une voix rauque à Mélanie, est-ce qu'il est capable de crier ?

Un frisson descendit le long de l'épine dorsale de la jeune femme.

Ses pires craintes se confirmaient. Judith Moreau avait bien l'intention de pousser le traitement jusqu'à l'insoutenable.

Et d'arracher à Boris des hurlements de souffrance.

— Je crois que oui, dit-elle. Mais je ne l'ai jamais entendu le faire. C'est un dur, vous savez...

Aussitôt, elle regretta cette dernière phrase, que son admiration – et aussi des sentiments plus tendres – pour Corentin lui avait fait prononcer.

Judith Moreau eut un sourire de tigresse.

— Eh bien, ma petite, je crois que ça va être une première.

Elle appuya sur un bouton et soudain, le bruit des pas de Laetitia et le cliquetis des chaînes furent audibles dans la cabine.

— J'ai coupé l'insonorisation, expliqua Judith Moreau… Pour que vous puissiez profiter non seulement de l'image, mais aussi du son.

— Merci, dit machinalement Mélanie.

L'infirmière posait à présent un autre bracelet, cette fois à la base de la virilité de Boris, entourant à la fois son membre viril et les sacs soyeux déjà emprisonnés.

Cette deuxième opération était moins douloureuse que la première, et Boris ne broncha pas.

Mélanie vit Laetitia arracher ses gants, les jeter dans un stérilisateur, et s'installer, immobile, dans un coin de la salle d'opération.

Attendant les ordres de sa patronne.

— Il est déjà impressionnant au repos, souffla Judith Moreau. J'avoue que je serais curieuse de savoir ce qu'il donne en érection.

— Est-ce que vous ne vous éloignez pas un peu du traitement, docteur ? demanda Mélanie de Saint-Flour avec une pointe d'ironie.

Elle avait soudain l'impression que cette envie de le voir s'ériger était, chez Judith Moreau, plus personnelle que… professionnelle.

Le chef de clinique serra entre ses doigts la nuque de la jeune femme. Et sa voix devint dure :

— Ça fait partie du traitement, petite gourde, gronda-t-elle. Et n'oubliez pas qu'ici, c'est moi qui décide.

Elle se pencha vers son micro.

— Laetitia, ordonna-t-elle, faites-le bander !

Aussitôt, l'infirmière s'approcha de la table d'opération et monta dessus. Debout, les jambes entourant le corps de Boris, elle se débarrassa de sa blouse et apparut dans toute la splendeur de sa nudité. Puis elle tomba à genoux et le prit dans sa bouche, sa tête montant et descendant à un rythme régulier.

L'effet ne se fit pas attendre. Très vite, la virilité de Boris se dressa orgueilleusement, gonflée de sève et dure comme de l'acier.

Judith Moreau poussa un grognement d'appréciation.

— Dites-moi, ma petite, votre homme est formidablement gâté par la nature. Vous en avez de la chance…

Dans la salle d'op, Laetitia était passée à autre chose. À quatre pattes au-dessus du corps de Boris, elle ondulait comme un serpent le long de lui, avec une technique digne des légendaires masseuses thaïlandaises.

— Ça suffit comme ça, Laetitia, dit Judith Moreau.

L'infirmière, toujours sans manifester la moindre expression, descendit de la table chromée et se rhabilla.

L'autre main de Judith Moreau, celle qui n'emprisonnait pas sa nuque, apparut devant les yeux de Mélanie.

Elle tenait quelque chose qui ressemblait au boîtier d'une télécommande.

Son pouce fit glisser d'un demi-centimètre une molette graduée.

Et Boris lassa échapper un cri rauque.

Un premier cri de douleur.

Les bracelets venaient de se resserrer d'un cran autour des deux endroits les plus délicats de sa personne.

Mélanie de Saint-Flour regarda le docteur Moreau avec des yeux horrifiés.

Elle venait de comprendre le but final de la manœuvre. Ou plutôt, du « traitement », comme elle appelait ses séances de torture.

Elle comprenait aussi que Judith Moreau n'avait qu'à continuer de pousser sur la petite molette de sa télécommande, pour que Boris soit atrocement mutilé.

Les bourses et le sexe littéralement tranchés par les deux bracelets à crémaillère.

Soudain, la panique s'empara d'elle en se remémorant un détail de la confession d'un des derniers « patients » de Judith Moreau, un certain Laurent Desalte.

Dont elle avait entendu commenter la déposition par Boris, Badolini et Brichot.

Le fameux boîtier « parachute ». Celui qui permettait au « patient » que la souffrance faisait craquer, de tout arrêter sur une simple pression.

Judith Moreau n'en avait pas donné à Boris !

Et elle, Mélanie, n'avait aucun moyen d'empêcher Judith Moreau d'aller aussi loin que sa folie meurtrière pouvait la conduire.

C'est-à-dire jusqu'au bout.

— Vous voyez, reprit le chef de clinique d'une voix suave, le fait de resserrer les anneaux alors qu'il est en pleine érection emprisonne le sang dans la verge… et l'empêche de débander, si j'ose dire. On crée ainsi chez le patient une forme artificielle de priapisme [1].

Elle ajouta avec un sourire gourmand :

— Contrairement à ce qu'on pourrait croire, ça devient vite pénible… Avant de devenir insupportablement douloureux.

Sa main abandonna soudain la nuque de la jeune lieutenant de police et descendit rapidement le long de son dos. Jusqu'à atteindre la limite de sa croupe rebondie. Où elle marqua un temps d'arrêt.

Juste à l'endroit où se trouvait fixé la batterie de l'émetteur.

Mélanie effectua un demi-tour rapide sur elle-même, pour obliger la main de Judith Moreau à se déplacer. Elle se retrouva face au chef de clinique, son visage à vingt centimètres du sien. Judith Moreau arborait une expression d'une dureté métallique et une lueur meurtrière passa dans son regard émeraude.

Mais elle se reprit et lui sourit.

— Petite bécasse, susurra-t-elle. Tu as peur de femmes ? Tu as peur de moi ?… Il ne faut pas… Je suis sûre que ce spectacle t'excite autant que moi.

— Euh oui, un peu… bredouilla Mélanie, en même temps soulagée de voir que Judith Moreau avait simplement interprété son esquive comme un refus de ses attouchements. Mais avec les femmes, je… Enfin, je n'ai pas l'habitude.

---

1. Affection dont le nom provient de celui du dieu grec Priape, traditionnellement représenté avec une érection monumentale, et qui se manifeste par une érection permanente, provoquant des souffrances atroces.

Judith Moreau éclata de rire :

— Ce n'est pas grave. Tout vient à point à qui sait attendre.

Elle se dirigea vers la porte de la cabine.

— Viens, dit-elle, à ce stade, il faut le laisser mariner un peu. Je vais te montrer quelque chose, en attendant… Histoire de parfaire ton éducation.

Comme Mélanie hésitait, elle insista :

— Viens, je te dis, tu ne risques rien.

La jeune femme se décida enfin à la suivre.

Une fois dans le couloir, Judith Moreau pressa la touche d'un interphone :

— Laura et Yasmine, fit-elle, en salle d'op numéro un.

Puis, souriant à Mélanie :

— Ne t'inquiète pas, c'est juste pour préparer quelque chose que je veux te montrer.

La salle en question était vide, à l'exception du même équipement que celle où se trouvait Boris.

— Et alors, fit Mélanie, qu'est-ce que vous vouliez me montrer ?

Sans répondre, Judith Moreau se précipita sur elle avec un rictus mauvais et lui enleva d'un geste brusque sa veste de lin. Mélanie se débattit, mais elle ne put empêcher le chef de clinique d'arracher de sa jupe le pan arrière de son tee-shirt.

Dévoilant le fil du micro et la batterie de l'émetteur.

— Je voulais te montrer ce que je fais aux flics trop curieux ! aboya-t-elle. J'ai repéré ton petit système d'écoute, tout à l'heure ! Et l'autre, à côté, le soi-disant Hans, tu croyais que je ne l'avais pas reconnu ? Vous m'avez prise pour une imbécile, tous les deux ! Vous allez me le payer très cher !

Les deux infirmières, deux Noires aux carrure de nageuses, entrèrent à ce moment-là.

— Foutez-la à poil et attachez-la ! hurla Judith Moreau.

— Aimé ! hurla Mélanie. C'est le moment ! Foncez !

Mais Judith Moreau venait de jeter l'émetteur par terre et de l'écraser sous son talon.

*

* *

Aimé Brichot sursauta quand un sifflement soudain lui vrilla les oreilles, sous son casque d'écoute.

Ensuite, plus rien.

Le silence radio.

Il eut beau tripoter les boutons de la console dans tous les sens, la communication était interrompue.

Rabert, Tardet et lui se regardèrent.

— Qu'est-ce qu'on fait ? demanda Rabert, qui finissait d'avaler un sandwich.

Aimé hésita une seconde, et puis :

— Donnez l'ordre aux renforts de se mettre en position. On fonce !

*

* *

Les deux filles noires réussirent à déshabiller complètement Mélanie. Non sans mal. La jeune femme se débattait comme une folle. Mais les deux infirmières, spécialement entraînées pour s'occuper des patients récalcitrants, finirent par avoir le dessus.

— Mettez-la à plat ventre sur la table et tenez-la solidement ! ordonna Judith Moreau. Je m'occupe du reste.

Mélanie de Saint-Flour se retrouva écartelée sur la table d'opération, les deux infirmières, sous la table, s'accrochant à ses bras et à ses jambes.

Judith Moreau alla chercher dans un tiroir la ceinture de chasteté équipée du godemiché télescopique.

Celui-là même qui avait causé la mort atroce d'Anne-Marie Morhange.

Parce que Mélanie avait les jambes écartées, il lui fut impossible de lui passer la ceinture selon la méthode prévue. Alors, elle s'attaqua directement au petit anneau plissé de ses reins largement ouverts et y enfonça le pieu d'acier noir avec une brutalité sauvage.

Mélanie poussa un hurlement de souffrance.

— Tu peux gueuler, va ! dit Judith Moreau. Ici, toutes les pièces sont insonorisées.

Mélanie ne s'en priva pas, à mesure que l'instrument s'enfonçait en elle comme une lance.

Quand il fut entré entièrement, Judith Moreau fit le tour de la table et sortit de la poche de sa blouse blanche une télécommande, qu'elle lui agita sous le nez.

— Tu vois cette molette, dit-elle avec un sourire cruel, elle commande l'allongement du gode qui est en toi en ce moment. Il est télescopique. Et la dernière partie est constituée par une lame de vingt centimètres. Je te promets que tu vas jouir, ma petite !

Elle se pencha vers Mélanie, approchant son visage du sien. Et sortit l'autre télécommande. Celle à laquelle obéissaient les anneaux emprisonnant Boris.

— Toi et ton copain flic, vous allez crever en même temps, annonça-t-elle.

Puis, s'adressant aux deux infirmières :

— Faites rouler la table jusqu'à la salle numéro deux et disposez-les côte à côte. Que je puisse profiter de ce double spectacle. En attendant, je vais m'installer dans mon petit poste d'observation.

Judith Moreau disparut et les deux Noires entreprirent de faire rouler la table métallique, tout en continuant d'y écarteler Mélanie. Ce qui n'était pas facile, vu leur position. Elles étaient obligées de progresser accroupies, en restant sous la table pour ne pas lâcher les bras et les jambes de la jeune femme.

Ce fut une fois arrivées dans le couloir de communication que l'une des filles, légèrement déséquilibrée par sa progression en crabe, relâcha involontairement sa prise sur l'un des poignets de Mélanie.

Qui en profita aussitôt pour libérer sa main.

Et pour arracher d'elle-même le godemiché d'acier.

Qu'elle abattit violemment sur la main qui continuait d'emprisonner son autre poignet.

La fille le lâcha avec un cri de douleur.

Aussitôt, l'autre infirmière lâcha les chevilles de Mélanie et sortit de sous la table pour tenter de la maîtriser. Mais au moment où son visage arrivait à sa hauteur, Mélanie lui administra de toutes ses forces, en pleine figure, un terrible coup de cette matraque improvisée.

Elle avait frappé latéralement, comme au tennis. Ou au base-ball. L'infirmière noire poussa un petit cri et s'effondra. Assommée.

Sans attendre que l'autre ne la rattrape, Mélanie

fonça dans le couloir, toujours nue comme au jour de sa naissance, et traversa littéralement, d'un coup d'épaules, la porte du cabinet d'observation de Judith Moreau.

Celle-ci était occupée à fixer Boris, d'un regard de folle, ses deux télécommandes à la main, les deux pouces sur les molettes.

L'effet de surprise joua en faveur de Mélanie. Avant que le chef de clinique n'ait eu le temps de réagir, la jeune inspectrice s'était ruée sur elle en hurlant et la percutait de plein fouet. Judith Moreau alla cogner de la tête contre le mur de la petite pièce et vacilla. À moitié assommée.

À moitié seulement.

Mais le choc lui avait fait lâcher ses télécommandes.

Mélanie, qui tenait toujours d'une main le godemiché de métal, s'empara des deux commandes à distance.

Dans un flash, elle venait de se dire que le gode en pleine extension, prolongé de sa lame, constituerait une arme redoutable.

Mais si elle faisait tourner la mauvaise molette, c'est Boris qui serait transformé en eunuque.

Judith Moreau, qui avait reprit ses esprits, eut un sourire de fauve en lisant l'hésitation sur le visage de la jeune femme.

— Vas-y, dit-elle, qu'est-ce que tu attends ? Tu as une chance sur deux. Une chance de pouvoir me tuer et une chance de couper les couilles et le sexe de ton petit copain ? Vas-y, je te dis !

En se retenant de trembler, Mélanie fit tourner l'une des molettes, au hasard.

D'un millimètre à peine.

Aussitôt, un hurlement lui parvint, depuis la salle d'opération.

Boris !

Dans un réflexe, elle fit tourner la molette dans l'autre sens, en priant pour que le système ne soit pas à sens unique.

Boris cessa de crier et elle comprit en un éclair qu'il était sauvé.

Blessé, peut-être, mais sauvé.

Judith Moreau l'avait compris aussi.

En une fraction de seconde, elle sut que tout était fini. Que son destin grandiose de pionnière d'une médecine nouvelle ne s'accomplirait jamais. Que la clinique, sa précieuse clinique, était condamnée…

Par la faute de ce flic maudit.

Et surtout de cette fille !

Une incontrôlable folie meurtrière s'empara d'elle, la submergeant, lui faisant perdre tout contrôle.

Comme une bête sauvage, elle se rua en avant, les griffes tendues vers la gorge de Mélanie.

Elle allait la saigner comme une bête malfaisante.

Instinctivement, Mélanie poussa à fond la molette de l'autre télécommande.

Dans sa main, le pieu d'acier noir s'allongea.

Et la lame jaillit avec un déclic.

Presque malgré elle, par une réaction d'autodéfense, elle tendit le bras en direction de Judith Moreau.

Dans une sorte de ralenti, Mélanie la vit tomber sur elle. En gros plan, elle vit le visage du chef de clinique se déformer dans une grimace horrible.

Sa bouche s'ouvrit pour lancer un cri, une insulte. Qui ne sortirent pas.

Son regard lança une ultime flamme de haine. Avant de s'éteindre complètement.

Puis, après un dernier spasme, tout son corps se raidit et s'immobilisa complètement.

Mélanie mit quelques secondes à retrouver son souffle, et à calmer les battements de son cœur qui semblait sur le point d'exploser dans sa poitrine.

Ce ne fut qu'après que, d'un coup d'épaules, elle envoya bouler sur le côté le corps de Judith Moreau.

Qui retomba sur le dos, les yeux ouverts sur le grand vide de la mort.

Poignardée en plein cœur.

Un peu partout, des portes explosaient, des cavalcades résonnaient dans les couloirs.

Brichot, Rabert et Tardet firent irruption dans la pièce, leurs armes à la main.

Ils restèrent un instant interdits devant le spectacle qu'ils avaient sous les yeux.

Aimé se pencha vers Mélanie, éloignant pudiquement son regard des parties les plus intimes de son anatomie.

— Ça va ? demanda-t-il.

— Ça va, souffla-t-elle.

Ils furent interrompus par la voix de Boris, leur parvenant à travers le système de haut-parleurs.

— Ça ne serait pas trop vous demander de venir me délivrer ? dit-il.

Il avait à peine fini sa phrase que Rabert et Tardet lui

enlevaient ses bracelets mal placés, à l'aide de la clé que Laetitia leur avait donnée sans opposer de résistance.

Mélanie de Saint-Flour trouva la force de sourire à Aimé Brichot :

— Quand même, fit-elle, ce Boris... il a des couilles.

Aimé laissa échapper un petit rire.

— Vous aussi, dit-il.

CHAPITRE XIV

Rabet mordit voracement dans son huitième sandwich de la matinée.

— Je suppose que tu ne viendras pas déjeuner avec nous, lui dit Boris Corentin avec un sourire.

— Bien chûr que chi, fit Rabert, la bouche pleine, pourquoi ?

Tout le monde éclata de rire. Tout le monde, c'est-à-dire les cinq personnes réunies dans le bureau des Affaires Recommandées. Autrement dit : Boris Corentin, Aimé Brichot, Rabert, Tardet… et la jeune inspectrice stagiaire Mélanie de Saint-Flour.

À laquelle Boris adressa un regard chargé à la fois de reconnaissance… et d'autres sentiments moins faciles à exprimer devant les autres.

Mais que les autres comprirent pourtant au quart de tour.

— Dis donc, Boris, fit Aimé Brichot en administrant un coup de coude dans les côtes de sa flèche, j'ai l'impression que tu lui dois une fière chandelle, à notre nouvelle coéquipière.

— Comme tu dis, vieux frère, fit Boris. Sans elle, aujourd'hui, je ne serais plus que l'ombre de moi-même.

— En tout cas, reprit Mélanie, j'espère vous avoir prouvé à tous que je suis capable de tenir ma place parmi vous. Et qu'en cas de coup dur, on pouvait compter sur moi aussi bien que sur un autre.

— Je crois en effet, dit Corentin, que vous avez gagné vos galons de flic, mademoiselle de Saint-Flour.

Brichot, Rabert et Tardet partirent d'un rire complice.

— Dis donc, fit Tardet, je crois que tu peux la tutoyer devant nous… On n'est pas aveugles, tu sais !

— Bon, bon, d'accord, fit Boris en levant une main pour calmer tout le monde. Mais entre nous seulement. Je ne veux pas que Baba [1] s'imagine que je détourne les futurs officiers du chemin de leur devoir.

Charlie Badolini, qui, à ce moment précis, n'était pas d'humeur à chercher des poux dans la tête de ses subordonnés.

Le matin même, il avait reçu les félicitations du ministre de l'Intérieur, pour la façon dont « il » – c'est-à-dire son service – avait résolu l'affaire des meurtres sadomasochistes et mis un terme définitif à la sinistre carrière du docteur Judith Moreau.

Pour une fois, personne n'avait parlé de bavure policière et n'avait trouvé à redire au fait que Judith Moreau était morte, au lieu d'être livrée en bonne santé à la Justice. Le cas de légitime défense était flagrant, et Mélanie de Saint-Flour n'avait pas été inquiétée.

D'ailleurs, en « haut lieu », on n'avait pas caché à Badolini qu'on était plutôt soulagé que l'affaire finisse

1. Surnom donné à Charlie Badolini par ses hommes. En son absence, bien sûr.

comme ça, plutôt que par un procès où Judith Moreau n'aurait pas manqué de « balancer », pour sa défense, les noms d'un tas de personnalités politiques de premier plan, toutes clientes chez elle.

Ce qui aurait provoqué un tollé dont la classe politique n'avait vraiment pas besoin en ce moment.

L'ambassadeur espagnol lui-même s'était fendu d'un coup de fil à Charlie Badolini, pour le féliciter au nom du roi d'avoir retrouvé et puni l'assassin de sa petite cousine, Alicia Gonçalves.

C'est dire si Badolini était aux anges.

Quant au mari d'Alicia, Juan Gonçalves, Boris et Aimé n'avaient pas eu à le cuisiner longtemps pour lui faire avouer sa complicité involontaire dans la mort de sa femme, avec tous les détails.

Étant donné qu'il était ressortissant espagnol, ils l'avaient laissé retourner dans son pays, en laissant aux autorités ibériques le soin de s'occuper de son cas.

Pour les familles de Julie Desclaux et d'Anne-Marie Morhange, malheureusement, les choses avaient été beaucoup plus dramatiques. Il avait fallu leur annoncer avec ménagement ce qui était arrivé à leur fille.

Brichot, parce qu'il était lui-même père de famille, s'en était chargé. Et pas de gaîté de cœur.

Mais le bon côté de toute cette affaire, c'était que depuis la mort de Judith Moreau et la fermeture de sa clinique, les filles disparues avaient commencé à réapparaître, une par une, et à regagner le domicile parental. Comme si elles avaient brutalement pris conscience, sous l'effet de cet électrochoc, du danger de mort qu'elles couraient.

Et pour mieux leur en faire prendre conscience,

Boris et Brichot avaient arrêté et fait mettre en examen le dénommé Daniel Durieux, le principal rabatteur de Judith Moreau.

Ainsi, naturellement, que tout le personnel de la fameuse clinique.

Boris Corentin frappa dans ses mains.

— Bon fit-il, alors, ce déjeuner, on y va ?

Tout le monde approuva comme un seul homme – même Mélanie de Saint-Flour – et se dirigea vers la porte du bureau d'un pas gaillard et légèrement chancelant.

Il faut dire que Charlie Badolini, qui savait vivre, avait une heure plus tôt fait « péter les roteuses » dans son propre bureau – autrement dit offert le champagne –, pour fêter la conclusion heureuse de toute cette affaire et féliciter son équipe.

Rabert, Brichot, Tardet et Mélanie étaient déjà dans le couloir quand le téléphone sonna sur le bureau de Boris.

— Allez-y, leur lança-t-il, je vous rejoins.

Il décrocha. C'était Ghislaine.

Corentin frissonna de plaisir en reconnaissant sa voix, que traversait un filet légèrement rauque qu'il connaissait bien. C'était le signe du désir, l'appel de la panthère des beaux quartiers qu'elle était, quand elle se trouvait en chaleur.

C'est-à-dire quand elle avait envie de lui.

— Boris, mon amour, fit-elle, j'ai une grande nouvelle à t'annoncer. Je rentre de New York ce matin-même. Je ne sais pas si c'est le voyage en avion ou le jet-lag, mais je suis excitée comme une folle. Ce soir, je t'annonce que tu es convoqué à dîner. Et que j'ai l'intention de te sortir le grand jeu.

Boris ne put s'empêcher de sourire d'aise, en pensant aux délices que lui réservait son amante de cœur. Et dont il ne se lassait jamais. Malheureusement, pour ce soir, il allait y avoir un problème.

— Je suis vraiment navré, mon cœur, susurra-t-il d'une voix aussi tendre que possible, mais ce soir, je ne peux pas.

— Quoi ? fit Ghislaine d'une voix qui ne cherchait pas à cacher sa déception. Tu es sur une enquête ? Une filature ? Une planque ?

Boris ne lui avait jamais menti. Et ce n'était pas maintenant qu'il allait commencer.

— Une fille, lâcha-t-il.

Il y eut un silence dans l'appareil. Après quoi, Ghislaine allait hurler, il le savait. Une... deux... trois...

— QUOI !

Instinctivement, il écarta le combiné de son oreille, pour ne pas risquer de devenir sourd.

— Écoute-moi, fit-il, c'est tout à fait exceptionnel. Je sais que quand tu es à Paris, tu as la priorité absolue. Mais là, il s'agit d'une jeune collègue, et...

— Et tu la sautes, c'est ça ?

— Oui. Mais ce n'est pas la seule raison.

En quelques phrases rapides, il fit à Ghislaine le résumé de l'aventure qu'il venait de vivre en compagnie de Mélanie de Saint-Flour. Et il lui expliqua ce qu'il lui devait.

TOUT ce qu'il lui devait.

— Tu vois, dit-il en guise de conclusion, elle ne m'a pas seulement sauvé la vie. Elle a sauvé... comment dire ?... ce que tu considères comme ton bien le plus précieux.

À l'autre bout du fil, Ghislaine Duval-Cochet se calma. Puis elle éclata de rire.

— Bien, dit-elle enfin... puisque cette fille à sauvé cette partie de toi-même qui est mon bien le plus précieux, comme tu me le fais si justement remarquer, je suppose que je ne peux que lui en être reconnaissante.

— Je suppose aussi, fit Boris.

— Alors dans ce cas, fit Ghislaine en riant, je lui prête l'objet en question pour un soir. Et même pour une nuit, si elle veut.

Puis, elle redevint sérieuse, et ajouta sur un ton sans réplique où flottait même les accents d'une sourde menace :

— Mais pour une nuit seulement !

Achevé d'imprimer en août 1998
sur les presses de l'Imprimerie Bussière
à Saint-Amand (Cher)

VAUVENARGUES - 14, rue Léonce Reynaud - 75116 Paris
Tél. : 01-40-70-95-57

— N° d'imp. 1937. —
Dépôt légal : septembre 1998.

Imprimé en France